【正誤表】『ドライサーの描いた女性と自然――消費社会下に創られた理想女性像』

以下の箇所に誤りがございましたので、訂正いたします。

訂正箇所	誤	正
・本文　62頁、註＊ ・引用／参考文献一覧　13頁、4行目	高松松夫	高垣松雄
・本文　135頁、註(10) ・引用／参考文献一覧　12頁、日本語文献6行目	大浦暁生	宮本陽吉

ドライサーの描いた女性と自然

消費社会下に創られた理想女性像

土屋陽子 著

現代図書

目次

はじめに

十九世紀末から二十世紀にかけて活躍したセオドア・ドライサー（Theodore Dreiser 1871-1945）は、言わずと知れたアメリカ自然主義を代表する小説家である。「言わずと知れた」とはいえ、残念ながら日本での知名度は低く、母国アメリカでも同時代に活躍した他の作家たちに比べて人気のある作家だとは決していえないだろう。事実、筆者がアメリカに滞在していた頃、大学の友人に「アメリカ文学の具体的に誰を研究しているのだ」と聞かれドライサーの名前を答えても、「名前は何となく聞いたことがあるが…」という心もとない反応が返ってくることが殆どだった。稀にドライサーの作品を読んだことがあるというアメリカ人に出会っても、「えらく重々しいものを研究対象にしているんだな」と半ば呆れながら、感心されるのが常であった。かくいう筆者も、大学の学部生時代、アメリカ文学の講義で最初にドライサーという作家の作品に触れた際、なんて「重い」作品なのだろう、と思ったことを覚えている。

ドライサーの長編処女作『シスター・キャリー』（*Sister Carrie* 1900）は、同作岩波文庫版の訳者、村山淳彦氏が「訳者あとがき」の中で説明しているように、当初、ヴィクトリア朝的道徳感に反抗する女性を描いた物語として捉えられ、出版が難航したといわれる。しかしながら、物語に描かれた、主人公キャリーとその周辺にいる人々の人生とその末路は、当時のアメリカ社会が抱える問題と、裏事情をありのままに映し出しているとして、今日ではアメリカ自然主義、都市小説の先駆けとして評価が高い。ドライサーの作品に「重さ」を感じるのも、物語がみせる、リアルなアメリカ社会の不合理性ゆえであるといえるだろう。

しかし、当のドライサー自身はどうやらそれほど「重々しい」男性ではなかったようだ。それどころか、かなりの色好漢だったと推測する。二作目長編『ジェニー・ゲアハート』(*Jennie Gerhardt* 1911) 執筆後、ドライサーは出版社に勤める友人、グランド・リチャードからの申し出を受け、初めてヨーロッパへ取材旅行に出かけている。その時の記録が後に、『四十路の旅人』(*A Traveler at Forty* 1913) として出版されているが、その内容に目をやると、そこに記されていることの殆どが旅先で出会った女性についてであることに驚く。イギリスからフランスへ移動し、生まれて初めてパリに足を踏み入れた日のことを記した章には、ドライサーのパリに対する意見が次のように記されている。

ナポレオンの墓や、パンテオン、ルーブル美術館はこの偉大な都市の重要な魅力ではない。確かにそれらにはそれらの、歴史的、芸術的価値があり、力強く、惹きつけるものがある。しかし、それらを上回る何かがパリにはある。それは、性 (sex) なのだ。

(*A Traveler at Forty*. Paris!)[1]

そして、パリで成功しているレストランの経営者に共通していえることは「魅力的な女性を雇う才能がある」ことであり、「魅力的な女性」というのは、「若くて、美しく、人を惹きつける気質を兼ね備えた女性」だ、と断言している。これが現代社会だったら、間違いなく「炎上」沙汰だが、このような言及は序の口に過ぎない。『四十路の旅人』は、月刊誌『センチュリー・マガジン』(*The Century Magazine* 1881-1930) 宛にドライサーが寄稿した文書を後にまとめたものだが、原稿が送られてきた当初、そこに記されたあまりに赤裸々な女性関係の記述の多さに編集者はぎょっとし、頭を抱えたという。

ドライサーは女性を自分の支配下に置くことを喜びとしていたようだ。[2] ドライサーに関わった女性は、性的タブーから解き放たれた自由で開放的な「新しい女性」であったことは確かだが、一方でドライサーという男性の支配下に置かれていたことには変わりない。彼の女性に対する支配的態度は「ヴィクトリア朝的道徳感に反抗し、都市社会で自由に生き、自立を目指した新しい女性の姿を描いた」と評された自然主義作家セオドア・ドライサーのイメージとは一致し難い。作品の中でドライサーが数多くの女性を描いていることは確かである。しかし、ドライサーは本当に、社会において完全に

「自立した」女性を描こうとしていたのだろうか。『シスター・キャリー』の不発を受けてドライサーは精神的にもひどく落ち込み、しばらくは筆をもつことが出来なかったという。しかし、社会の風潮に反する「新しい女性」を描こうとしていたのであれば、ある程度の批判、出版の難航は覚悟していたはずではないのだろうか。世間から非難されたことをドライサーがひどく悲観したのは、彼がもともと世間から非難されるような女性像を書いたつもりはなかったからなのではないか。

ドライサーという作家に対する従来の解釈に、若干懐疑的な目を向けながら『シスター・キャリー』以降のドライサーの小説に描かれる女性たちを改めてみてみると、彼女たちが決して自由を手にして生きることを可能にしてはいないことに気が付く。ドライサーが自身の小説の女性登場人物に描いたのは、「都市社会で自由に生きる女性」、ではなく、ヴィクトリア朝的道徳感を否定することで「男性が自由にモノにできるようになった女性」、なのではないか。つまり、ドライサーの描く女性たちは、都市社会で生きる男性が女性に対して抱いていた理想、もっというと、ドライサー自身が女性に抱いていた理想像なのではないか。

ここで、アメリカ社会にみられた都市化について考えてみたい。十九世紀から二十世紀にかけての世紀転換期、アメリカの小説には、「反都市化」をテーマとする傾向があった。とはいえ、ジェイムス・マーチャーが言うように、アメリカの都市小説家たちは都市を、「単に牧歌的幻想に反抗するものとしてだけではなく、個人や国家の繁栄を支える要因としても、自然と同様重要なもの」(Machor 229) として捉えていた。当時、作家たちは作品の中で都市化に対する賛否両論を展開し、そのような動向は当時の都市社会に暮らす一般の人々の中にもみられた。彼らは都市のもつ活気や目新しさ、秘めた可能性に強く惹かれながらも、自然豊かな田舎のもつ牧歌的な価値観や素朴な美しさからも完全に離れることは出来ないでいた。この、都市と田舎の (都市的価値観と牧歌的価値観ともいえる) 二項対立的関係間での葛藤は、当時のアメリカの小説の中で繰り返し描かれたテーマである。マーチャーによれば、アメリカ文学には以前から都市と田舎の対立をテーマとする作品が少なからずみられたものの、世紀転換期のアメリカ都市小説には特に「都市と田舎、及びそれらが示す二つの価値観が、補完的な関係をもつ可能性」に対する関心が強くみられたという (Machor 229-30)。そして、当時のアメリカの都市小説家たちは「怪物的都市」を描くことで、牧歌的な無垢さや平和に対する人々の切望をも描き、アメリカ都市社会に生きる人々が、都市的価値と牧歌的価値の共存 (a harmonious relationship between urban values and the pastoral ideals) の可能性を模索していることを示したのだ (Machor 330)。

ここにみられる「パストラル (pastoral)」の定義について、ポール・アルパースは「パストラリズムとは?」と題した論文の中で、ウィリアム・エンプソンの論を参考にしつつ次のように述べている。

パストラルとはまず、「（都市にはない）無垢さと幸福についての探求」であり、「芸術と自然のアンチテーゼに基づくもの」であり、「都市生活に対する反抗が原動力となる」もので、そして、「田舎での生活環境における一般的な体験を傍観する手段」なのだ（Alpers 437）。ここでは、アメリカ都市社会において「パストラル」は「都市」の対抗軸に位置するものとして認識され得ることが指摘されている。「パストラル」という単語の文学における使用について、テリー・ギフォードは、その歴史を辿ると大きく三つの使われ方がみられると説明している。一つ目は、「詩から始まって、演劇、そして最近になって小説の中にもみられるようになった歴史的意味をもつもの」である。ギフォードが言うには、文学形式というのは、「田舎の生活、とりわけ羊飼いたちの生活について謳ったギリシアや古代ローマの田園詩から脈々と続き発展してきたもの」（Gifford 1）であり、この場合の「パストラル」というのは文字通り文学史の中における「田園詩・田園小説」としての「パストラル」である。しかし、ギフォードの説明によると、これは中世ヨーロッパの文学にみられる伝統的な「パストラル」の概念であり、十九世紀から二十世紀にかけての英米文学における「パストラル」の捉え方はそれとは異なるという。そこで二つ目の「パストラル」の捉えられ方についてギフォードは、「パストラル」には、伝統的な文学形式をこえて、「ある空間を示す境界線としての」使い方もある、と言い、その場合、「パストラル」は「直接的であれ間接的であれ都市と対立するものとして田舎を描いたあらゆる文学作品」のことを指すと述べている。つまり、世紀転換期のアメリカ文学においては「パストラル」という言葉が都市と対立する概念を示すものとして使われる可能性がある、ということである。さらにギフォードは三つ目として、「パストラル」の概念はアメリカ都市小説において「単に自然をたたえるもの」としても使われていることを指摘し、その場合「パストラル」という単語は、「田舎の生活の現実(が何であれそれを)理想化して示す」言葉として機能していると説明する(Gifford 2)。つまり、都市に住む人々は、田舎での生活、田舎のもつ牧歌的なイメージに対し、その実態を理解していないまま、幻想を抱いていたのであり、そのような、都市の人々が田舎に対して抱く理想像を示すものとして「パストラル」という概念が使われている、というのである。ギフォードが指摘するこのような「パストラル」の概念は、まさに先述したマーチャーの議論の中にもみられるもので、マーチャーは、当時のアメリカ都市社会に生きる人々が模索していた都市的価値と牧歌的価値の共存の可能性を「urban-pastoral harmony(本書では「都市と牧歌の共存」という言葉を使う)」と呼び、世紀転換期のアメリカ都市小説の中に繰り返し描かれてきた概念であることを述べている(Machor 330)。

アメリカ文学に描かれた、都市社会におけるアメリカ的なパストラリズムについて、もう少しだけ説明をしておきたい。都市と牧歌の問題について扱ったものとして有名な『自然の中の機械』(*The Machine in the Garden* 1964)の中でレオ・マークスは、パストラリズムとは「産業主義到来に対する、作家や芸術家、知識人といったある特定のアメリカ人たちによる曖昧な反応」を示した概念だと記している。そして、都市社会におけるパストラリズムを、「大衆的で感傷的な（popular and sentimental）」パストラリズムと「想像的で複雑な（imaginative and complex）」パストラリズムの二つに分けて説明しているのであるが、彼の議論によれば、前者は、当時都市に住む一般大衆が抱いていた「都市からの逃亡」を示唆する「希望」を含んだもので、後者は、そのような「牧歌的光景のもつ平和と調和への希望に対する激しい皮肉」を含み、「必ずしも私たちが田舎に対して、一般的に抱くような素朴で、魅力的なイメージを抱くことが正しいとは限らない」という警告を示す、どちらかというと、当時の文学作品の中にみられる傾向のあったものだという（Marx 25）。都市化する社会の中、人々は、牧歌のもつ素朴さと都市のもつ圧倒的な力という、相反する二つの価値観に直面していた。そして、その二つの共存が不可能であることをなんとなく理解していながらもなお、都市生活の中で、田舎がみせる牧歌的イメージへの郷愁を捨てきることは出来なかったのである。つまり、都市に住む人々が抱いていた「都市社会における田舎との共存」「都市的価値観と牧歌的価値観の共存」という、ある意味非現実的な理想こそが、マークスのいう都市におけるパストラリズム（urban pastoralism）なのであり、当時のアメリカ都市小説家たちが描こうとしたものだったのだ。

十九世紀から二十世紀にかけてのアメリカ文学におけるパストラリズムを述べる際、マークスは、メルヴィルやトウェイン、フォークナーやヘミングウェイを例として挙げ、彼らの作品には「都市における権力者に象徴されるような先進的なイデオロギーを称賛するものは全くなく」、彼らの作品における主人公は「自己回復を自然回帰と結びつける傾向があり、自然に対する神秘的なイメージに対する強い切望を抱いている傾向があり」、「管理された社会の複雑さと日々増大する力に直面した時に、そのような牧歌に対する強い欲望を抱いている」と説明している（"Pastoralism in America" 53-54)。都市にいながらも田舎がみせる牧歌的価値観を切望する傾向が、当時のアメリカ文学作品の中には描かれていたのだ。

話をドライサーに戻したい。マークスがいうように、アメリカン・パストラリズムを描いた世紀転換期のアメリカ文学作品に、「都市における権力者に象徴されるような先進的なイデオロギーを称賛するものが全くない」のであれば、都市で成功した資産家を主人公とした「欲望三部作」や『天才と呼ばれた男』を書き、都市小説家として知られるドライサーはそのカテゴリから除外されるであろう。現に、パストラリズムについて論じる際、マークスは一度もドライサーの名前を出していない。しかしながら、ドライサーの小説の中にも都市と牧歌の関係性の問題は繰り返しテーマとして描かれており、都市に生活する人々が抱く田舎がみせる牧歌的価値観への郷愁は、登場人物を通して、確かに示されている。

英米文学作品に描かれる都市と牧歌の関係性についてレイモンド・ウィリアムズは、著書『田舎と都会』（*The Country and the City* 1973）の中で、都市と牧歌の関係性に対する一般的なイメージを次のようにまとめている。

田舎に対する一般的なイメージが過去に対するイメージとなり、都市に対するイメージが未来に対するイメージとなっていることは、重要である。そのことは定義されない現在を私たちにもたらすことになるからだ。田舎に対する概念の引力は古いしきたり、人間的な生活、自然のしきたり、へと引っ張られており、都市に対する概念の引力は進歩、近代化、発展に引っ張られていく。そして対立するそれらの間の緊張のなかに現在があり、我々は田舎と都市の対立を、向き合わなければならない未解決の葛藤を実証するのに使っているのである。（Williams 297）

未来を象徴する都市と過去を象徴する田舎というイメージの二項対立は、ドライサーの作品の中にもしばしばみられる。例えば『シスター・キャリー』では、主人公キャリーの故郷である田舎町コロンビア・シティ（過去）の存在が都市社会を生き抜く（未来）キャリーと対照的に作品の中に示されているし、『ジェニー・ゲアハート』では、主人公ジェニーの描写に象徴的に示される都市にはみられなくなった自然と牧歌的価値観（過去）が、ジェニーの恋人で都市の資産家レスター・ケインの人生（未来）と対照的に描かれている。その他、ドライサーの作品に描かれた女性たちは、都市社会に進出しながらも、牧歌的価値観を捨てきれずにいることが多い。

ドライサーは生涯を通し、数多くの女性を描いている。彼女たちの多くは、田舎から都市へ出てきて成功を目指す「新しい女性」像を示しているようにみられる。しかし、当時のアメリカ社会に存在したアメリカン・パストラリズムの視点からドライサーの描いた女性たちの姿を改めてみると、都市社会の中で理想化された田舎のイメージが女性登場人物の描写の中に投影されていることがみえてくる。

繰り返しになるが、ドライサーは生涯を通してシカゴやニューヨークといった大都市におけるアメリカ人の生活のありのままを書いた小説家として知られている。それは確かにその通りで、出版された「欲望三部作」を含めて八編の長編小説は殆どすべて十九世紀後半から二十世紀にかけての都市社会を舞台としており、ドライサーの小説の中で都市は重要な要素の一つとして機能している。ドライサーの自然主義とは、多くの批評家によれば、その都市社会を舞台に、人生の無目的性、道徳的価値観の無意味さ、宗教や性別の問題、人々の富に対する欲望などをテーマに物語を展開し、個人と社会の問題を提示したものだとされている。確かにドライサーの作品には、随所に、社会の中の無力な個人というものが示されている。しかし、彼の作品に描かれた女性登場人物にもう少し強く焦点を当てて作品を読み、そこに描かれる男女の関係に注目すると、当時の都市社会にみられた、都市的価値観と牧歌的価値観の問題がドライサーの作品では男女の関係を通し寓意的に描かれていることがわかるのだ。自然というエコロジカルな視点と、女性像というフェミニズム的な視点の双方から、ドライサーの描いた女性たちをみたとき、彼の描いた女性たちは、当時のアメリカ都市社会にみられたパストラリズムが創り出した理想女性像を体現しているということがみえてくるのではないか。

本書はドライサーが生涯に発表した長編小説八作、『シスター・キャリー』(*Sister Carrie* 1900)、『ジェニー・ゲアハート』(*Jennie Gerhardt* 1911)、「欲望三部作」(『資本家』(*The Financier* 1912)、『巨人』(*The Titan* 1914)、『禁欲の人』(*The Stoic* 1947))、『天才と呼ばれた男』(*The Genius* 1915)、『アメリカの悲劇』(*An American Tragedy* 1925)、『とりで』(*The Bulwark* 1946) を全てとりあげ、それぞれの作品に描かれた女性たちを、アメリカン・パストラリズムの概念を念頭に読み解く。都市社会に暮らす人々が抱く自然に内包された牧歌への憧憬が、ドライサーの描く女性たちのイメージに投影されていることを明らかにすることで、ドライサー作品に描かれた女性像が、社会的自立を目指す「新しい女性」像というよりもむしろ、作者ドライサーを含めた都市社会に住む人々が自然空間に思い描いていた郷愁により作られた「理想的女性像」だったということに気が付く。
そのような読みを提示することで、本書がセオドア・ドライサーという作家の「重々しい」イメージを崩すと同時に、アメリカ社会に作られた女性の理想像について、もう一度考えるきっかけになれば、と思っている。

註

（1）出典：*Americans in Paris: A Literary Anthology* (Library of America 2004)
（2）ドライサーの女性関係については、大井浩二著『エロティック・アメリカ』に詳しく説明されている。大井氏の論については、本著「おわりに」でも言及している。

凡　例

・註は各章ごとに通し番号を付し、章末に記載している。
・英語文献の翻訳は注記がない限り、著者によるものである。
・本書で示した略号の作品名は次の通りである。

SC　*Sister Carrie* (1900)
JG　*Jennie Gerhardt* (1911)
TF　*The Financier* (1912)
TT　*The Titan* (1914)
TG　*The Genius* (1915)
AT　*An American Tragedy* (1925)
TB　*The Bulwark* (1946)
TS　*The Stoic* (1947)

第1章　『シスター・キャリー』――「断ち切れ」てはいない田舎との絆

ドライサーの処女作である『シスター・キャリー』は、アメリカ中西部の田舎町コロンビア・シティ[1]から十八歳で大都会シカゴに出てきた女性主人公キャリーが、都市の華やかさに魅了され、そこでの成功を夢見た結果、二人の男と同棲生活をおくり、やがて男を捨て、ニューヨークの芸能界で売れっ子女優になるまでの過程をたどった物語である。一九〇〇年という世紀の変わり目に出版され、当時の道徳感に反抗し、都市で自由に生きる女性を描いたとして批判も多く、当初出版は難航したというエピソードもあるが、今日では、アメリカ自然主義を代表する作品、二十世紀アメリカ都市小説の先駆け、として評価されている。確かに、キャリーの物語は、十九世紀末の消費社会における女性の自立の問題を考察する際に有効であるし、結末でゆり椅子に腰かけて物思いにふけるキャリーの姿は、「消費社会に対するドライサーの批判」を示すものであると解釈されることも多い[2]（後藤 186）。しかし、そもそも、キャリーの（外見上の）成功物語に、ドライサーは「女性の自立」の可能性を示唆させようという意図をもっていたのだろうか。当時の、女性の社会進出問題も含め、都市社会のありのままを描いた都市小説として解釈されている『シスター・キャリー』ではあるが、世紀転換期のアメリカ社会にみられたパストラリズムの観点からこの物語を読むと、本作品にも田舎が示す牧歌的価値観が色濃く描かれており、しかも、その要素は、都市化する社会における理想として、主人公キャリーの姿に示唆されていることに気が付く。つまり、ドライサーがキャリーに示したのは、先進的な「自立した女性」ではなく、都市社会において男性が女性に抱いた理想像だったのではないか、と思うのだ。

本章では、都市の中の牧歌のイメージが女性主人公キャリーの描写に示されていることをまず確認し、都市と牧歌の関係性の問題が、キャリーと都市にいる男性たちとの関係性を通してどのように提示されているかを読み解きたい。そのような視点でこの物語を読むと、ドライサーがなぜキャリーに物質的な成功は与えながらも精神的には満たされないという結末を与えたのか、という疑問の答えがみえてくると同時に、キャリーが決して田舎との絆を断ち切り、都市社会に適応した「新しい女性」だとは断定できないことに気が付くだろう。

1. 都市小説として読まれる『シスター・キャリー』

『シスター・キャリー』は従来、アメリカ都市小説の代表作として読まれてきた。例えば、ジェームス・マーチャーはドライサーを同世代のヘンリー・ジェイムス、ウィリアム・ディーン・ハウエルズと共にアメリカの重要な都市小説家として取り上げ、「都市の冷淡さ、二面性、人工性に気が付きながらも、彼らはそれぞれ作品の中で、都市の多様性や当時のアメリカ社会を象る重要な要素としての都市の高揚感をある意味称賛をもって描いている」と述べ（Machor 229）、『シスター・キャリー』はその意味で代表的な都市小説であると指摘している。[3] ローレンス・ハッシュマンは、キャリーの物語が、ドライサーの姉が恋人と駆け落ちをしたという事実に基づいたものであるという有名なエピソードを取り上げ[4]、『シスター・キャリー』は作者自身が目にした都市社会における欲望と希望を描いた物語であると指摘している。そして、本小説の中で、都市は「物質的脅威と終わることのない欲望を抱えた場所」として描かれているといい、都市小説の先駆的作品として『シスター・キャリー』を評価している（Hussman 22）。

『シスター・キャリー』の都市小説としての特徴を、ドナルド・パイザーは著書の中で、キャリーの人生が都市における人生の無目的性を象徴していることだ、と説明している。[5] この人生の無目的性、道徳的価値観の無意味さというのが一般的に捉えられている『シスター・キャリー』の主テーマであると考えられ、それを投影する女性主人公キャリーは、当時の都市社会にみられるようになった「新しい女性」像をいち早く示した女性主人公として捉えられている。[6] 確かに、田舎から都市にやって来て、男性を魅惑しながら成功への道を進むキャリーの姿には、道徳的価値観の無意味さがみてとれる。また、物語の結末でのキャリーの描写には、都市社会における個人の存在の曖昧さ、ならびに人生の無目的性が描かれているように思われる。しかし『シスター・キャリー』における都市の描写とそこでのキャリーの人生はなにも、都市の先進性や人間個人の無力さのみを示しているわけではない。当時の人々が抱いていた、都市とは対極にある牧歌への憧れもまた示されているのである。

十九世紀から二十世紀への世紀転換期、言うまでもなくアメリカ社会も大きな転換期を迎えていた。産業化が進み都市が発達し、これまで当たり前のように受け入れられてきたヴィクトリア朝的な価値観は時代遅れとみなされるようになった。しかし、そうかといって人々がもろ手を挙げて都市社会の生活を享受していたわけではない。「都市と田舎」という二項対立的価値観の間での葛藤は当時の人々が多かれ少なかれ抱えていた問題であった。レイモンド・ウィリアムズの言葉を借りれば「都市における牧歌的理想」(Urban pastoral ideal)、あるいはマーチャーの言う「都市と牧歌の共存」(Urban-pastoral harmony) の理想を当時のアメリカ都市社会に暮らす人々は抱き始めていた。ウィリアムズは、この時期のアメリカ文学には「騒がしくて、野蛮で、野望に満ちた」都市と、「限定的で、無知」な田舎という二つの相対する空間が同時に描かれており、それらの共存が問題として示されていることが多いと指摘している（Williams 1）。この時期のアメリカ文学におけるパストラリズムについて、レオ・マークスはクーパーやメルヴィル、ヘミングウェイを例として挙げ、都市と相反する理想としての牧歌のイメージを描いた彼らの作品を、世紀転換期における「田園小説」として論じているが、それに対しジョン・ハンマは、パストラリズムについて、

テオクリトス（ギリシアの田園詩人）からD・H・ロレンス（十九～二十世紀に活躍した英国の作家）にいたるまで、田園詩や田園小説は、自然の道徳が示す様々な葛藤や緊張感を描いてきた。その最も明白なものが、都市と牧歌の対立であり、それは個人の問題にまで深くかかわってくるものであった、あるいは、素朴で無垢な価値観と、洗練されて知的な価値観の対立ということも出来る。（Humma 157）

と説明したうえで、マークスが例に挙げた作家たちの作品は、田園「的」小説であり、完全なる田園小説とは呼べない、と批判している。その上でハンマは、ドライサーを取り上げ次のように述べている。

しかし、奇妙にも、アメリカの都市小説の先駆けといわれる作家──都市小説の先駆けである『シスター・キャリー』の作者──こそ、『ジェニー・ゲアハート』という作品で、おそらくもっともアメリカの真の田園小説に近いものを書いたといえるだろう。(Humma 157)

『ジェニー・ゲアハート』は、ドライサーの第二作目の長編小説である。次章で扱うが、主人公であるジェニーには確かに牧歌的理想が反映されており、当時のアメリカン・パストラリズムの表象として捉えることができる。しかしハンマは、ドライサーのそういった田園小説としての可能性について論じる中で『シスター・キャリー』については一言も触れていない。むしろ、先の引用をみると、『シスター・キャリー』は田園小説とは縁遠い作品として扱われているように思われる。ドライサー作品において田園的要素がみられるのは『ジェニー・ゲアハート』以降の作品についてであり、『シスター・キャリー』はあくまでも都市小説の代表作だということについては、ハンマも同意しているのである。

確かに、『シスター・キャリー』の冒頭は「少女(キャリー)と彼女の生まれ故郷をつなぐ絆は断ち切られ」(SC 1)という文章から始まり、田舎から出てきた少女が田舎からは完全に離れ、都市という強大な力をもった場所へ移動していくことが示されている。この冒頭部は読者に、これから始まる物語が、強大な力をもった都市社会を舞台とし、そこにおける現実を描いたものであるということを想像させるだろう。しかし見方を変えれば、この冒頭は主人公キャリーが「田舎」娘であるということを読者に知らしめているのであり、物語が「田舎」娘の物語であることを明言しているのである。事実、『シスター・キャリー』と『ジェニー・ゲアハート』を読み比べれば、二つの物語の舞台設定が似ていることは明らかであり、キャリーをジェニーと同様、田舎あるいは牧歌を体現した存在として読み取れる可能性は大いにある。キャリーもジェニーも一八八〇年代を生きる、若くて可愛らしい無垢な少女として登場し、都市での成功を夢見て田舎から出てくる。彼女らはどちらも、男性との関係性を通して都市社会を知り、新しい価値観を覚え、洗練されていく。しかも彼女らは二人とも、正式に結婚をすることはなく、結果的にはそれぞれの念願成就とはならず自分の人生に対して不安、葛藤を抱いている。

もちろん、そのような類似点がある一方で、キャリーはジェニーとはいくつかの点で異なってもいる。ジェニーが生涯をかけて愛する男性に尽くし、結果的には田舎の自然の中で暮らしていくことを選択する一方で、キャリーはもっと自分自身の欲望に忠実に従い、都市で生活することを選択する。また、ジェニーは男性との間に子供をもち、我が子を守ることに自分の人生を捧げるが、キャリーには子供がいない。その描かれ方をみても、ジェニーが明らかに牧歌を象徴し、ある意味ヴィクトリア朝的な理想女性像を示している一方で、キャリーは、多くの批評家が指摘するように、都市社会で自由に生きる女性を象徴しているようにみられる。しかしながら、繰り返しになるが、キャリーがもともと田舎から出てきた少女であったこと、都市社会で物質的成功を遂げたにも関わらず、作品の結末で幸せな終わりを与えられてはいないことを忘れてはいけない。その事実を念頭にこの物語を読むと、キャリーと田舎との絆は物語の中で決して「断ち切られ」てはおらず、彼女もジェニーと同様、都市における田舎の存在を物語の中で示しており、彼女の人生の不安定さが、当時の都市と牧歌の二項対立的で曖昧な関係を暗に示していることがわかってくるのである。都市小説家として名高いドライサーではあるが、彼の処女作で、都市小説の代表として知られる『シスター・キャリー』には、当時のアメリカ社会にみられた、そして彼自身も抱いていた、都市における牧歌への憧れを、彼の女性登場人物を通して、描いていたと考えられるのではないか。

2. 田園小説として読む『シスター・キャリー』

『シスター・キャリー』の前半に、シカゴについて記述した次のような場面がある。

一八八九年のシカゴは、前代未聞の成長を遂げている真っ最中で、若い娘たちさえもこのように胸躍る旅に出てやってくるのは、無理もないと思えるような都市だった。稼ぎにありつける可能性にあふれていて、まだまだ発展中だという噂は遠くにまで広がっており、そのために、あらゆるところから希望に満ちた人々や希望を失った人々を引き付ける巨大な磁石になっていた。これから運試しをしてみなければならない人々も、すでにどこかで運が尽きてみじめな結末を見てしまった人々もやってきた。人口五十万を超える都市であり、百万都市にふさわしい野望と派手さと活力を発散していた。その街路と建物が占めている面積は、すでに七十五平方マイルの広さに及んでいた。急増する人口を吸収していくのは、既存の商業界よりもむしろ、よそから新たにやってくる人々をあてにして拡大していく産業界だった。[7]（SC 11–12）

フィリップ・フィッシャーはこの場面を取り上げ、ドライサーが描く都市やそこに住む「中産階級の」人々は「一八九〇年のアメリカそのもの」であると言っている。（Fisher 129）

そして、そのアメリカ都市社会についての言及が終わったところで、次のような一文が続く。

この近づきがたい商工地区に、小心なキャリーが入っていった。（SC 12）

都市に焦点を当てて描かれた物語であると捉えられているが、この作品の前半でドライサーはすでに、シカゴという都市の商工地区（Important commercial region）に入っていくちっぽけ（timid）な田舎娘キャリーを通して「商業地区の中の田舎」という、都市と田舎の二項対立関係を描いている。その後作品を通して、都市と牧歌のイメージは、コロンビア・シティという田舎町からシカゴにやってきた少女キャリーを介して示される。作品の冒頭部には確かに、キャリーと故郷コロンビア・シティとの絆は、「断ち切られ二度と元に戻らない」と書かれてはいるのだが、コロンビア・シティへの言及は、実は、作品の最後まで度々見られ、キャリーが自分の背後にある田舎の面影から完全に「断ち切られて」はいないことがわかるのである。

作品序盤の、キャリーが列車に乗ってシカゴへやってくる場面に次のような描写がある。

独りぽっちで家庭から離れ、世間の荒波騒ぐ大海に飛び込もうとしているという事実が、こたえてきたのだ。どうにも仕方のないことに、少し息苦しくなってくる。心臓の鼓動が早まって、ちょっと気分が悪くなった。半ば目を閉じて、これはたいしたことではない、コロンビア・シティまでわずかな距離じゃないかと考えようとした。

「シカーゴ！　シカーゴ！」車掌がドアを勢いよく開け、入ってくるなり叫んだ。（SC 7：傍

線筆者）

ここでドライサーは、キャリーの描写を通してコロンビア・シティという田舎町をシカゴという都市の対極にあるものとして読者に示している。そしてその後、コロンビア・シティという単語はキャリーと関連付けられて作品の中に九回登場する。都市社会を舞台に物語が進行していく中で、度々コロンビア・シティという言葉を登場させることで、読者にキャリーが田舎から出てきた少女であったことを思い出させると同時に、作品の中に都市における牧歌のイメージを示しているのである。つまり、ドライサーは、キャリーとコロンビア・シティの「絆」に度々触れることで、田園のイメージを作品の中に埋め込ませているのだ。

それではここから、コロンビア・シティに言及した九つの場面をみていきたい。まず初めは、キャリーが職探しの為にシカゴの商工地区に足を踏み入れ、圧倒される場面である。

【1】

ここに並んでいる大きなビル、いったいこれは何なのか。奇妙な活気や途方もない興奮、それはいったい何を目的として渦巻いているのか。コロンビア・シティの小さな石膏の仕事場の意味ならば理解できた。個々の用途に合わせてちっぽけな切れ端の大理石を刻んでいるのだ。だが、前方に見えてきた、どこかの石材会社の巨大な作業場。縦横に鉄道の引き込み線が走り、無蓋貨車が並び、波止場から川へ続く水路をめぐらし、頭上には木材や鉄鋼を運ぶ巨大な移動式クレーンが跨いでいる。こうなるとキャリーの小さな頭では、皆目意味が見いだせなかった。(SC 12：傍線筆者)

ここでドライサーは、キャリーとコロンビア・シティを「小さな (little)」という単語を使って示している。そして、それらを「巨大な (huge)」都市と対立させている。little と huge という反意語を使うことによって都市と田舎を相対する存在としてみせ、田舎に対する都市の優位性を示唆している。このような描写は、キャリーが仕事に出る最初の日の場面にもみられる。

【2】

月曜日は早起きして、仕事に出掛ける支度をした。青い水玉模様の木綿の着古したブラウスに、いくらか色あせた薄茶色のサージのスカートをはき、この夏コロンビア・シティに出掛ける時にかならずかぶっていた小さな麦わら帽をかぶった。(SC 25：傍線筆者)

ここでも「小さな」という単語が使われているが、小さな麦藁帽のイメージは明らかに巨大な産業都市の対極にある田舎的なイメージであり、キャリーにそのイメージが反映されていることがわかる。さらに、靴工場で機械に囲まれて働くキャリーが外の景色を眺めながら次のように思いを巡らせている場面がある。

【3】

その日の長い午後の間ずっと、外で待っている都会のことやその堂々たる眺め、人並みやすてきな建物のことを考えていた。コロンビア・シティや生家でのなつかしい思い出がよみがえってくる。（*SC* 31：傍線筆者）

機械に囲まれたキャリーにコロンビア・シティのことを思い出させることで、ドライサーはここで（マークスの『田園の中の機械』ならぬ）「機械の中の田園」のイメージを示し、二項対立的関係を示している。この、都市の魅力に思いを巡らす田舎娘キャリーのイメージは、キャリーが、居候していた姉ミニーのアパートの階段下で、思いにふけっている場面にもみられる。

【4】

皿洗いを済ませた後暇を持て余し、ミニーとちょっと話をしたものの、結局階下へ行って、階段を降りたところの戸口に立ってみることにした。……街頭の活気は、キャリーにとっていつまでも興味が尽きなかった。鉄道馬車に乗っている人たちはどこへ行くところなのか、どんな楽しみに赴こうとしているのか、そんなことを飽きもせずに考えている。……ときにはコロンビア・シティのことをぼんやりと思い浮かべたり、その日経験したことについて苛立つ思いに襲われたりしたけれど、だいたいはまわりのささやかな世界にすっかり注意を奪われていた。（SC 39：傍線筆者）

このように、作品の冒頭で断ち切られたはずの故郷コロンビア・シティは依然としてキャリーの背後に面影として残されている。十八歳の、無垢で容姿も比較的良い少女を通して田舎のイメージを示し、彼女が都会の華やかさに憧れを抱いているように描くことで、都市と牧歌の二項対立的関係のみならず、都市に圧倒される田舎といった都市優位性も、ここでは表されている。この後、風邪をひいたことをきっかけに仕事を解雇されたキャリーは、街で、後に彼女の最初の恋人となるドルーエと偶然再会する。この出来事をきっかけとして、コロンビア・シティに対するキャリーの意識に変化がみられる。ドルーエから渡された二十ドルを手に家に帰ったキャリーは、もしも仕事が見つからなかったら田舎へ帰るのが良いという会話を姉としながらも、心の中では次のように反抗している。

【5】

「もうじき働き口が見つからなかったら、あたし、田舎に帰るわよ」

ミニーは話の接ぎ穂を与えられたような気がした。

「ともかく冬の間はそうするのが一番だと、スヴェンも言っているのよ」

事情はキャリーにもすぐに飲み込めた。姉さんたちは、仕事にあぶれたあたしをこれ以上居候させるのがいやなんだ。ミニーを恨みはしないし、ハンソンだってそんなに悪い人だとは思わない。そこに座って姉の言葉をかみしめながら、こうなると、ドルーエのお金が手元にあってほんとによかったと思った。

キャリーはすこし間をおいていった。「そうね。あたしもそう考えていたところなの」

しかし、そんなことを考えると、心の底から反発したくなるということは明かさなかった。コロンビア・シティなんかに何があるというの。あんなさえないちっぽけな町なんか、知り尽くしてしまった。暮らしはじめたばかりの、謎に満ちたこの大都会に、まだまだ惹きつけられている

というのに。(SC 50：傍線筆者)

ここでキャリーは、彼女の地元である田舎町に対して否定的な感情をもち始めている。そしてその翌日、洋服を買うために町でドルーエと待ち合わせをした際、キャリーはドルーエに、もらった金を返し田舎に帰るつもりだということを告げるが、ドルーエにこのように言い返されている。

【6】

「コロンビア・シティに戻っても何ができるというんだい」そう続けたドルーエの言葉は、飛び出してきた退屈な世界をキャリーのこころにまざまざと思い出させた。「あんなところは何もないよ。シカゴこそすむべきところさ。ここでこぎれいな部屋を借りて、服を何着か買ったらいいじゃないか。そうしたら、どうにかなるよ」(SC 52-53：傍線筆者)

ここでは、故郷のコロンビア・シティが「退屈な世界(dull world)」と表現されており、都市社会にいるキャリーにとっては何の意味もないものであることが示されている。

キャリーとコロンビア・シティの関係についての言及は、キャリーがミニーの家を飛び出し、シカゴのオグデン・プレイスにあるアパートメントでドルーエと暮らし始めた後にもみられる。ある日、彼女は隣人のヘイル夫人とノースショアの高級住宅街にドライブに出かけ、帰宅後自分の人生について次のように思いを巡らせる。

【7】

思いはとめどなく駆け巡る。コロンビア・シティの貧しいわが家の部屋、ショア・ドライブで見たあの邸宅、どこかの有閑夫人のあの素敵な服、ふと目にした光景の優雅さ、そんなことがつぎつぎに思い浮かぶ。(SC 87：傍線筆者)

その後、キャリーがドルーエに内緒で彼の友人で酒場の支配人であるハーストウッドと会っていたことが原因で口論となり、ドルーエが家を出ていく場面では、部屋に残されたキャリーがコロンビア・シティのことを「もう戻れない場所」として思い出している。

【8】

こんな状態で、思いは、ヴァン・ビューレン通りの姉や、コロンビア・シティに傾いた。だが、こっそり出てきたあの夜以来姉とは会っていなかったし、実家はもう二度と帰っていけぬところになってしまったような気がする。(SC 181：傍線筆者)

ここでコロンビア・シティは、キャリーが「二度と帰っていけぬ」場所として登場している。これは、都市化されつつあるキャリーにとって、田舎である故郷がもはや住むには適した場所ではないということが暗示されていると同時に、田舎という場所が、都市で生活する者がある意味、郷愁をもって振り返る場所として存在していることが示されている。ここに、当時のアメリカン・パストラリズムを読み取ることが出来るが、ここでのキャリーの様子には、都市的な価値観と牧歌的な価値観の相反する関係、アメリカン・パストラリズムの不可能性、も示されていると考えられる。

しかしながら、キャリーの背後にあるコロンビア・シティの面影は、作品の最後に少し異なった形で再びみられる。作品の結末においてキャリーは女優として成功し、その名声をもってニューヨークのブロードウェイにある最新の高級ホテルに滞在する機会を得る。その一室でキャリーは、男たちからのラブレターを手にしながら次のように思いを巡らせている。

【9】

前日までそうであったようにその日も、カジノ座のドアマンから手紙を手渡された。これは、月曜日から急に始まったことだった。手紙の内容は読まなくても知っていた。恋文が届くのは、ささやかながら昔からあったことだ。はるか昔、コロンビア・シティにいたころに、こういうものを初めて受け取ったことを、キャリーは覚えていた。……しかし、そんな手紙がどっさりと届くようになった。……昔は名声もお金もなかった。それがいまでは自分のものになった。前はお世辞を言われたことも、交際の申し込みを受けたこともなかった。それが今では舞い込んでくる。何ゆえだろうか？　男たちがとつぜんあたしに、まえにはなかったようなすごい魅力を見出したとでもいうのかしらと考えて、にやりとした。それを思えば、いささかなりとも熱が冷め、興味が失せてきた。（SC 333：傍線筆者）

ホテルに引っ越した途端、次々と送られてくるラブレターを目の前に、キャリーは自分の人生に虚しさを感じている。そして、故郷コロンビア・シティを思い浮かべ懐かしさを感じており、自分がもはやあのころのような純粋で無垢な女性ではないということに気が付き、寂しさを感じているのである。ドライサーは結末で、都市社会で物質的な成功を手にしたキャリーに、その代償として、故郷コロンビア・シティに示されるような牧歌的な価値観をなくしてしまったこと、そして失ってしまったものをもう二度と取り戻すことはできないのだということを気付かせ、人生の虚しさを感じさせているのだ。これは、都市社会における急進的な価値観を身に付けた女性が、望んでいた華やかな生活を手に入れたとしても、決して幸せにはなれないのだ、という作者の見解を示唆しているとも考えられるだろう。と同時に、無一文だった頃のキャリーがもっていた魅力、すなわちコロンビア・シティの面影が彼女に与える牧歌的イメージこそが、一人間として男性を惹きつける彼女の魅力だったこともまた、ここで明らかにされているのである。キャリーをキャリーたらしめていたものは、「コロンビア・シティ」との「絆」そのものであったのだ。つまり、この結末には、都市で自由に生きる女性像に対するドライサーの否定的な見解が表れているとともに、都市社会で失われつつある自然の牧歌的要素が、ドライサーを含め当時の人々にとって理想的なものとして存在していたことが読み取れるのではないか。

このように、ドライサーは、作品の冒頭でキャリーと故郷の田舎町コロンビア・シティとの絆を「断ち切った」にもかかわらず、キャリーを介して、作品の最後までコロンビア・シティという田舎町の存在を読者に忘れさせてはいない。コロンビア・シティを通して示される田舎のイメージは、初めは都市に対し無力なものとして描かれ、次第に、無価値なものとして描かれるが、作品の結末では、都市社会の中で、失われてしまった懐かしいもの、そしてキャリーの魅力となっていたもの、として描かれるようになる。つまり、田園小説が描く、都市と相反する理想としての牧歌のイメージが、『シスター・キャリー』においては、キャリーという女性像を通して描かれているのである。

3. ドライサーがキャリーに求めた「牧歌」性

レオ・マークスは『田園の中の機械』で伝統的な慣習と産業主義との関係を論じ、自然が文明に淘汰されていくという現象が、当時のアメリカ文学の中に描かれていることを論じているが、前項で述べたように、ドライサーはまさに、「田園の中の機械」ならぬ「機械の中の田園」というイメージを、コロンビア・シティという田舎町の面影を携えて大都市シカゴへとやってきた少女キャリーを通して作品の中に描いた。そのようにキャリーを捉えると、都市の「商工地区」に飛び込み、徐々にその価値観に洗脳されていく彼女の様子は、当時のアメリカ都市社会にみられた自然淘汰を寓意的に示しているとも考えることができるだろう。

一八八〇年代の商工地区というのは、フィッシャーが言うには「我々のあらゆる欲望の体現」であり、「すべての人、その人影さえも、そして、会社、知識、宗教、ありとあらゆるものが商品となりうる」場所であった（Fisher 133）。この、「ありとあらゆるものが商品となりうる」という現象は『シスター・キャリー』の中にも、キャリー自身の立場の変化を通して描かれている。従来、ドライサー研究において、『シスター・キャリー』の結末におけるキャリーの物質的成功は、キャリー自身の私利私欲、何か良いものが欲しいという飽く事のない欲望からもたらされたものであると解釈され、そこに、都市社会で自分の欲望に従い自由に生きる女性像が指摘されてきた。確かに、作品の最後で高級ホテルの一室にいるキャリーは、男たちからの手紙に関心を寄せることもなく、男性と結婚をして幸せを望むような女性として描かれているわけでもない。このような描写からはもちろん、キャリーを二十世紀転換期アメリカ社会にみられるようになった「新しい女性」として読み取ることは可能であろう。しかし、田舎娘キャリーがブロードウェイの売れっ子女優となる過程をたどると、その成功の裏には、常に都市に住む男性の存在があることがわかる。そもそも、キャリーに大都市シカゴへ出ていくきっかけを与えたのも、彼女が田舎から出てくる電車の中で出会った都市の男性、ドルーエである。バーバラ・ホフマンは、物語におけるキャリーとドルーエの関係を、「独立と支援」の関係にあると指摘する（Hochman 50–51）。例としてホフマンは、キャリーが、ドルーエが会員となっているエルクス友愛会の出し物である芝居「ガス灯の下」のローラの役を演じることになった場面を取り上げている。キャリーはここで「キャリー・マデンダ」という、ドルーエによって与えられた新しい名前でデビューを飾る。芝居当日、初めは緊張のあまり失敗ばかりしていたキャリーであったが、途中ドルーエに声を掛けられ、それにより自身の才能を開花させる。ホフマンは、舞台袖からキャリーを励ますここでのドルーエの役割は、「キャリーに自分の演技の才能を気付かせただけではなく、彼女が自立できるということを彼女に気が付かせたこと」にあると言い、支援者としてのドルーエの役割を強調している (Hochman 48)。しかし、この場面を「ありとあらゆるものが商品となりうる」世紀転換期のアメリカ都市社会が舞台であることを考えて読むと、ここでのドルーエの役割は、単なる支援者ではなく、女優という商品に彼女を仕立て上げ、都市社会に送り出す生産者でもあると考えられる。ここでキャリーを田舎の象徴として捉えたとすれば、キャリーの商品化は、田舎の商品化でもあり、もっといえば、田舎にみられる牧歌的価値観が都市的価値観に淘汰されていく様を示しているとも考えられる。

このことは、キャリーがシカゴに来たばかりの頃、街中でドルーエと再会した場面に一層明らかに示されている。シカゴに来てすぐに、キャリーは姉夫婦からお金を稼ぐように言われる。運よく靴工場で仕事を見つけるもすぐに体調を崩し、それが原因で解雇されてしまう。彼女は再び都市の商工地区に仕事を求めて飛び込まなければならなくなる。そのような時に偶然ドルーエと会う。キャリーの置かれた状況を知ったドルーエは彼女を由緒あるレストランに連れていき、彼女が食べたことのないような上品な食事を提供する。食事をとりながらドルーエはキャリーのことを、「本当にとてもきれいだ。こんなありさまで、さえない身なりをしていても、容姿は悪くないことが一目でわかる」(SC 46)

と彼女の美しさを評価している。そして、別れる間際にキャリーに二十ドルを手渡し、「何か着るものを買うように」伝える。ここでドルーエは、キャリーに何らかの価値を見出し、お金を使って彼女を都市社会に適した「もの」へと仕立て直そうとしているのである。つまりドルーエは、無意識的にキャリーを金によって都市で通用するものとしてプロデュースしようとしているのだ。

ドルーエは物語の中で、「製造会社に雇われた販売促進外交員──当時の俗語で「ドラマー」と呼ばれ始めていた階級──として典型的」(SC 3) な男として描かれている。販売促進外交員というのは当時、鉄道などの交通網を使い、商品のカタログをもって地方の農村から農村へとまわり営業していた人々のことを指す。ドルーエの職業自体が、都市での商品の流通を支えるものであることがわかるが、同様にして彼は、田舎娘キャリーをシカゴという都市社会の中に送り出す役割を果たしているのである。キャリーがシカゴの街中をドルーエに連れられて歩く場面がある。

二人ではじめて一緒に散歩に出た日に、ドルーエはキャリーに言った。「たった今すれ違ったあの女を見たかい。歩き方がきれいだったね」

キャリーは目をやり、ドルーエが褒めるその魅力を観察した。

「本当にそうね」屈託なげに応じたものの、自分はもしかしたらこの点で劣っているかもしれないという懸念が芽生えてくる。あの歩き方がそんなにすてきだというのなら、もっとよく見ておかなくちゃ。キャリーは本能的に、それを真似たいと思った。(SC 76)

キャリーの隣にいるにもかかわらず、ドルーエは他の女性にも興味を示し、その洗練されたしぐさを「飲兵衛にとっての上等の赤ワインのきらめきにも似た」ものとしてあたかも贅沢品を物色するかのように眺めている。そして、キャリーにそれを真似させ自分にふさわしいものに仕立てていこうとしているのだが、ここでのドルーエの女性に対する態度は、ソースタイン・ベブレンのいう「見せびらかしの消費」という言葉を思い浮かばせる。十九世紀後半の産業社会における消費者についてベブレンは、「機械の発明が人々に快適さをもたらし、日々の生活の利便性を高まらせたため、人々は自分が富をどれだけもっているかを他人に見せびらかしたくなった。余暇をどう過ごすか(富をどう使うか)というのが都市に住む人々にとっては最大の関心事となったのだ」(Veblen 1-51, 155-200)と述べている。この言及を鑑みると、資本主義社会において女性は、ドルーエのような都市に住む若い男性にとって、自分の富を見せびらかす手段の一つであったとも考えられる。ドルーエの手引きによって田舎娘であったキャリーも次第に都市社会に適したきらびやかな女性へと変化していく。ドライサーがキャリーを「熱心な模倣者」と説明しているとおり、彼女は都市の華やかさをまねすることによって都市社会の一部となっていく。このようにキャリーの都市化にはドルーエの存在が不可欠であり、そのように考えると、都市における田舎娘キャリーの変貌が、当時の女性の自立を示したものだと言い切ることは出来ない。それどころか、このようなドルーエとキャリーの関係性は都市を優位とした都市と牧歌の関係性を示し、都市化していく田舎の様相を示していると考えられるだろう。

ここまでであれば、当時の男性が求めていたものが都市化された（洗練された）女性であったことを、ドライサーがキャリーを通して描いているように思われるかもしれない。しかし、キャリーが都市に住む男性たちを魅了する要因に、彼女のもつ田舎の面影があることを忘れてはいけない。そのことは、キャリーとハーストウッドとの関係をみると明らかである。ハーストウッドはドルーエの友人で、シカゴの名士たちが毎晩集まる酒場の支配人をしている。つまり、ドルーエよりもさらに都市社会（シカゴ）で成功者たちに近い立場にいる男性である。ドルーエのアパートに招かれ、初めてキャリーを紹介されたときからハーストウッドは、キャリーに自分や周りの人間には無い「青春の輝きと素朴さ」（the bloom and unsophistication）を感じ、彼女を手に入れたいと考える。ハーストウッドはキャリーの中に「農村の空気と田舎の日の光」（the air of the village, the light of the country）を見い出し彼女に魅了されていくのだが、それらは、都市社会にすっかり染まっているハーストウッドにとっては古き良き理想のように思えたのである。キャリーとの関係を深めていく中で、ハーストウッドはジェファーソン公園で過ごす二人だけの時間を、都市での生活から逃れるための避難所のように感じるようになる。ハーストウッドがキャリーに惹かれた根底に、都市での生活から飛び出し、失われつつある田舎の生活へ逃亡したいという欲求があったことが窺われる。このようなハーストウッドの感情はまさに当時のアメリカ都市社会におけるアメリカン・パストラリズムを象徴しているといえよう。

都市に住む男性にとってキャリーの魅力は、彼女が田舎出身であり、牧歌的なイメージをもっていることにあった。コロンビア・シティがキャリーをキャリーたらしめていた、ということが、ここでも確認できるのだ。

4.「ゆり椅子」が示す、アメリカン・パストラリズムの不安定性

『シスター・キャリー』の物語の中で、キャリーが読者に示しているのが、世紀転換期のアメリカ都市社会に対する田舎であるとしたら、本作品の中でアメリカン・パストラリズムはどのように描かれているのだろうか。それが最も分かりやすいのは作品の結末であろう。

ああ、キャリーよ、キャリー！　ああ、見境もなくあがき求める人間の心よ！　前進、前進

と心は号令をかけ、美が導くところへ心はつき従う。その正体は、静謐な風景をくりひろげる土地に、どこからともなく響きわたるはぐれ羊の鈴の音か。はたまた、森深きところで見えがくれする美の片影か。あるいはまた、行きずりの人の目にあらわれる真心か。心がそれを見分け、後を追いながら回答を与える。脚がくたびれ、希望がむなしく思えるようになったときこそ、心痛と憧憬の念がわき起こる。だからわきまえるがいい。汝には、満たされるということも、飽くということもない、ということを。ゆり椅子に腰掛け、窓辺で夢想に耽り、独りで憧れるがいい。ゆり椅子に腰かけ、窓辺に寄り添い、決して味わえそうもない幸福を夢見るがいい。(SC 369：傍線筆者)

作品を締めくくるこの有名な文章での「ゆり椅子」と「窓」については、資本主義社会のもつ「外側(敗者)」の世界と「内側(勝者)」の世界という二面性を象徴する役割をもったものだという解釈がまず出来るだろう。そのように解釈した場合、窓の内側にいながらも、ゆり椅子に揺られながら満たされていないキャリーの描写は、目的を見失った人生の虚しさを表していると考えられ、『シスター・キャリー』が、目的論を否定する自然主義作家ドライサーの代表的な作品として評価されることもうなずける。しかし、キャリーのもつ田舎のイメージを、結末でのキャリーの中間性と関連付けて考えれば、都市化していく社会の中で失ってしまった「静謐な風景を繰り広げる土地」や「羊の鈴の音」が象徴するような牧歌への郷愁、というアメリカン・パストラリズムをここに読み取ることができるのではないか。そう考えると、ここでゆり椅子や窓が表わす二面性は、都市と牧歌という二項対立的関係を示しているともいえるだろう。

キャリーがみせる不安定な感情が、都市と牧歌の狭間に置かれた彼女の立場から生まれているということは、『シスター・キャリー』におけるゆり椅子の役割から読み取ることが出来る。フィッシャーは自書の中で、十九世紀後半のアメリカ社会でのゆり椅子の人気について次のように説明している。[8][9]

> ゆり椅子はその使用者が、休むことと動くことを同時に行うことを可能にした。なんの努力をしなくても、元いた場所に自然に戻ることが出来るのだ。ポーチに置かれたゆり椅子という光景は、まったくアメリカ的な情景となった。ゆり椅子はそれを使う人が動くことを許しつつも、決して同じ場所から離れさせはしないのだ。(Fisher 154)

フィッシャーはここで、ゆり椅子の、そこに座っている人に動くことは許しながらもその場所から離れることは決して可能にはしないという特徴を指摘し、十九世紀末のアメリカ社会では特に中産階級の人々に人気が高かったことを明かしている。中産階級の人々の社会における立場と、どこへも行くことなく前後に揺れるゆり椅子のイメージには確かに共通性がある。フィッシャーは、『シスター・キャリー』の中でゆり椅子は「上昇と下降という縦の揺れ」を象徴していると述べているが、ゆり椅子のもつ中間性はキャリー自身が置かれている中間的で曖昧な立場、つまり都市的価値観と牧歌的価値観の狭間での人々の葛藤も効果的に表している。

では、ここで具体的に、物語の中でゆり椅子が果たしている役割をみていきたい。物語を通してキャリーは、人生の転換期に直面すると、ゆり椅子に座り思いを巡らせる傾向がある。最初に彼女がゆり椅子に座るのは、シカゴに着き、ヴァン・ビューレン通りにある姉夫婦のフラットに連れていかれた直後である。小さなゆり椅子が一つだけ置かれた部屋に入るや否や、彼女は「小さなゆり椅子を窓辺にもっていき、一人思いを巡らせながら椅子を揺らしながら窓の外を眺め」、窓の外に広がる新しい世界に思いを巡らせている（SC 11）。そしてその数日後、キャリーはドルーエにより窓の外に広がっていた新しい世界へと連れ出される。キャリーがドルーエと暮らすことになるオグデン・プレイスのアパートにもゆり椅子がいくつか置かれている。アパートの隣人であるヘイル夫人とのドライブから帰宅した直後、キャリーは、今しがた見てきたノースショアにある豪邸を思い返しながら椅子を揺らす（SC 87）。ここで彼女は再び椅子に揺られながら自分の知らない新しい世界に思いを巡らせているのであるが、この時、彼女の目の前に現れ彼女をオグデン・プレイスから外の世界に連れ出すのは、ドルーエではなくハーストウッドである。ハーストウッドの突然の訪問に初めは驚きを隠せないキャリーだが、結局彼に連れられて共に散歩へ出かけることになる。その後何度かハーストウッドに会う中で、彼が自分に好意をもっていることを知ったキャリーは、「こんな一瞬のうちに、偏狭な田舎の暮らしが、まるで脱ぎ捨てた衣みたいに身の回りから消えていき、その代わりに都会が、一気にその秘密を見せるかのように立ちあらわれてくるとは、いったいどういうことなのか」（SC 96）と、自分の人生に驚異を感じている。ここで、ハーストウッドは都市を象徴するものとして、田舎娘キャリーと対照的に示されている。このようにキャリーは、どちらにもつかず前後に揺れるゆり椅子に揺られながら自分の世界の外側にある新しい都市社会に思いを巡らせ、その都度、その都市に住む男性により都市社会へと連れ出されていくのである。ゆり椅子のもつ中間性は、故郷の田舎町と目の前にある都市の間で揺れる彼女の自己の不安定性を示していると考えられ、さらに、男性により都市社会へと連れていかれるという設定には、都市化と同時に淘汰されていく田舎の存在も示されていると考えられる。その後、キャリーは駆け落ち同然でハーストウッドとニューヨークへ行くことになるが、その前にもオグデン・プレイスのアパートで彼女がゆり椅子に揺られ思いをめぐらす場面がいくつかある。例えば、エルクス友愛会の芝居に出演する機会を得た夜、その芝居の翌日、二人で出かけた公園でハーストウッドと結婚の約束をした日、そして、ドルーエがキャリーとハーストウッドの仲を知ったため喧嘩となり、彼女を残してアパートを出ていった直後、など。それらはいずれもキャリーにとっては人生の転換期にあたる場面であり、都市社会に近づくきっかけが彼女に与えられる場面でもある。都市社会により深く入っていこうとするとき、キャリーはゆり椅子に揺られ思いを巡らせている。ゆり椅子のもつ中間性が、都市と牧歌の狭間にいるキャリーの中間性を示しているのである。

ゆり椅子のもつこの役割は、キャリーがニューヨークでハーストウッドと新しい生活を始めた後にもみられる。作品の舞台がニューヨークへと移った後、キャリーがゆり椅子を揺らしている場面は三箇所あるのだが、そのうち二つは、キャリーがハーストウッドと暮らすアパートの部屋でのことで、どちらも、近所に住むヴァンス夫人と共にブロードウェイに芝居を見にいった後、という設定になっている。まず、ある夕方、キャリーはヴァンス夫人にマチネーに誘われ外出し、生まれて初めて「ブロードウェイをそぞろ歩く」経験をする（*SC* 226）。そしてそこで目にした煌びやかな人々の行進に圧倒され、帰宅後、ゆり椅子に揺られながら「自分も彼らと同じように行進することが出来たら」と思いを巡らすのである（*SC* 228）。そして、その数日後、キャリーは再びヴァンス夫人と芝居に出掛け、ブロードウェイにある華やかなレストランで食事をするが、そこで夫人の従弟であるエイムズと知り合う。物質主義に疑問を呈すエイムズの知的な考え方に感銘を受けたキャリーは、帰宅後アパートでゆり椅子に揺られながら、知識人たちに受け入れられるような女優になることに思いを巡らせる（SC 238）。ブロードウェイでのこの経験の直後、キャリーは実際、ブロードウェイで劇場の仕事を手に入れるのだが、ここで興味深いことは、彼女がブロードウェイで仕事を手に入れてから作品の結末まで、キャリーがゆり椅子を揺らす場面は一切登場しない、ということである。それはおそらく、芝居に出る最初の仕事を手に入れてから、成功した女優になるまでの間、生活の目まぐるしい変化の中で、ゆり椅子を揺らし思いを巡らせる時間などなかった、ということなのだろうが、この様子は、目覚ましい速さで都市化していくアメリカ社会と、否応なく都市に巻き込まれていく田舎の様子を表わしているように思う。しかし、作品の結末において、女優として物質的成功を収めた後、キャリーは再びゆり椅子に座る。ブロードウェイの高級ホテルの、立派なゆり椅子がいくつも置かれた一室で、座り心地の良い椅子を前後に揺らしながら、キャリーは人生について思いを巡らせている（SC 331）。しかし興味深いことに、これまでのゆり椅子の場面とは異なり、この時彼女が思いを巡らせているのは新しい外の世界ではなく、かつて彼女がいた世界、コロンビア・シティについて、なのだ。ヴァン・ビューレン通りの小さなアパートで一つだけ置かれた小さなゆり椅子を揺らしていたキャリー、オグデン・プレイスのアパートの部屋でいくつか置かれたゆり椅子の一つに座り、前後に揺れていたキャリー、いずれでもキャリーは新しい外の世界（都市社会）について思いを巡らせていた。しかし、ブロードウェイの高級ホテルの一室で大きくて座り心地の良い椅子に揺られているキャリーが思いを巡らせているのは、都市化の代償として失われた世界、すなわち田舎の情景なのである。

コロンビア・シティから大都会シカゴへ足を踏み入れた時「断ち切られた」はずの絆は、結局作品の結末に至るまで切られることはなかった。田舎の面影は最後までキャリーから離れてはおらず、むしろ彼女の理想郷として意識の中に存在している。物語を通してみられる故郷コロンビア・シティとキャリーの関係の変化には、田舎に対する都市の優位性がみられると同時に、牧歌的価値を失ってまで都市的な価値観を手に入れることが、必ずしもキャリーにとっての幸せではなかったということも示されている。幸せで終わってはいない物語の結末は、田舎の示す牧歌的な価値観と、目の前にある都市の示す先進的な価値観の間で揺れるキャリーの曖昧な状態を示していると同時に、田舎から出てきた女性が都市社会に適応し完全な幸せを手にすることの不可能性を示している。

ドライサーが、キャリーに物質的な成功は与えながらも精神的には満たされないという結末を与えたのは、成功したキャリーが必ずしも当時の都市社会における理想的女性像ではない、ということをドライサー自身も認めていたからではないか。都市化して失われつつある田舎の存在に、失われつつある理想的女性像を重ねていたのかもしれない。『シスター・キャリー』に描かれた田舎娘キャリーは、決して当時の道徳感に反抗し都市で自立する「新しい女性」として、作者により肯定的に描かれているわけではなく、むしろ、ドライサー自身も含め、都市社会を生きる人々が抱いていた、失われつつある牧歌の理念に対するノスタルジックな郷愁、すなわちアメリカン・パストラリズムを象徴したものとして描かれているのである。キャリーの成功の曖昧な描写は、ドライサー自身を含めた都市に住む人々の理想的女性像に、キャリーが当てはまらないことを暗に示しているのだ。

註

（1）作中に書かれているウィスコンシン州コロンビア・シティ（Columbia City, Wisconsin）は実在しない。しかし、ドライサーの出身州であるインディアナ州に「コロンビア・シティ」という場所があり、ドライサーが一八八七年にシカゴに出てくるまで住んでいた田舎町、ワーショウ（Warsaw）から二十マイルほど離れたところに位置している。インディアナ州の公式ウェブサイトによれば、一九〇〇年当時のコロンビア・シティの人口は二千九百人程度だったという。（http://www.stats.indiana.edu/index.asp 参照。最終アクセス二〇二四年八月三〇日）

（2）結末におけるキャリーの描写について後藤は、都会は「彼女の欲求を満たしてくれそうに見えた」が、「決して本当の自由を与えなかった」と述べ、キャリーが経済的自立を手に入れたのが女優という職業であったことに対して「女性が自分をどれだけ性的幻想として商品化できたかによって認められる職業に他ならない」と指摘している。その上で、キャリーの半生は「消費とジェンダーに放浪されて陥った失敗例」であると述べている(186-187)。本論では、同様にキャリーの経済的自立を懐疑的に捉えながらも、キャリーの描写に、消費社会における失敗例というよりも、消費社会において男性により創られた理想を読みとることを試みた。

(3) その他、ブランチ・ゲルハントも、「アメリカの都市小説家は都市を場所というよりも、独特な生活様式を前提とする社会構造として捉えている」ことを指摘し、その意味で『シスター・キャリー』を都市小説の先駆けであると評している(Gelfant 172)。

(4) 『シスター・キャリー』におけるキャリーの駆け落ちのエピソードは、ドライサーの姉エマが、シカゴの酒場のレジ係をしていた恋人L・A・ホプキンズとカナダのモントリオールへ駆け落ちしたエピソードに基づいているといわれている。ホプキンズは酒に酔っ払い、店の金庫から三千五百ドルをもち出していた。二人はその後ニューヨークへ移動している。

(5) rf. *New Essays on Sister Carrie*. (Pizer)

(6) ドライサーの自然主義を四段階に分けて論じているウォルカットは、『シスター・キャリー』を次作『ジェニー・ゲアハート』と共にドライサーの自然主義の第一段階に置き、その第一段階の特徴として「人生の無目的さ」を描き、「道徳的価値観を攻撃している」ことを挙げている(Walcutt 187)。ウォルカットはドライサーの自然主義小説を、「伝統や、慣習、道徳的な規律や社会的公正に対する疑問」を暴き出し、「社会の中にみられた曖昧さと矛盾」を示したものであると説明し、都市社会そのものと、そこに生きる個人との関係が、大きな問題として扱われていることを指摘している(Walcutt 181-187)。

（7）本章における『シスター・キャリー』の邦訳は、村山淳彦氏による岩波文庫版の日本語訳を参照としている。

（8）フィッシャーは自書の中でジークフリート・ガイエディオンのゆり椅子に対する言及に触れ、ゆり椅子の人気はまさに当時のアメリカの生活の変化を反映したものであることに言及している。

（9）ゆり椅子（Rocking chair / Rocker）は、一八〇〇年代初頭からアメリカで屋外用家具として広く普及した。十九世紀に入り、アメリカの一般家庭において、家の正面ベランダに通りに面してゆり椅子を置き、腰かけてご近所を眺めるのを楽しむことが定番となった。一八二〇年代にはすでに殆どのアメリカ家庭に一脚はゆり椅子が置かれていたらしい。その後、ニューヨーク・タイムズ紙に「あらゆる家具の中で最もアメリカ的な形」と言われるほど（*New York Times* 1996. Feb. 4th "ARTS/ARTIFACTS; What Rocks and Is a Seat of State?"）、アメリカ文化を象徴するものとなった。（https://www.furniturelibrary.com/ 参照。最終アクセス二〇二四年八月三〇日）

第2章 『ジェニー・ゲアハート』——自然と、女性と、ノスタルジア(1)

『シスター・キャリー』の結末でキャリーが思いを巡らせていた「失ってしまったもの」は、都市社会に生きる人々の「理想」としてより明白に、ドライサーの長編小説第二作目『ジェニー・ゲアハート』の中で、女性主人公ジェニーに具象化される。『シスター・キャリー』の不発を受けてから十年後、ドライサーは自身の女性主人公に、人々が牧歌に抱くノスタルジアが生み出した理想女性像を、よりストレートに投影した。

主人公ジェニーについてはこれまで様々な解釈がなされてきた。彼女もキャリーと同様、二人の男性の愛人となることで経済的に救われているし、男性を介して都市の華やかな生活を知っていく。さらにジェニーは一人目の男との間に子供をもち、子もちで未婚という当時の社会的慣習に背く生き方をしている。このことから、ジェニーをキャリーと同様、資本主義下の都市社会でヴィクトリア朝的道徳感に反抗する「新しい女性」を描いたものとして捉える解釈も多い[2]。

しかし、ハッシュマンが指摘するように、キャリーが私欲を満たすために行動し、最終的に大都会ニューヨークの中心地に居住することを選択する一方で、ジェニーは「無私無欲の例（model of selfless)」(Hussman 50) として描かれ、彼女の欲望は常に彼女の周りにいる人々を助けることに向けられている。そして、ジェニーは都会に住む機会が与えられたにもかかわらず、より静かで自然に囲まれた場所で生活することを選ぶ。また、キャリーは物欲のために男を利用し結局愛情を放棄するが、ジェニーは最後まで二人目の愛人レスターへの愛情を棄ててはいない。ジェニーもキャリーと同様、道徳的慣習に逆らう先進的な女性のようにも捉えられるが、彼女の性格はむしろ極めて保守的なものとして描かれている。このような保守的な側面に注目して、シビル・ワイアーは、「ジェニーは男性の欲求を満たすためだけに存在する極めて希少な存在である」(Weir 66) と述べており、また、クレア・ヴァージニア・アビーも、レスターがジェニーに惹かれた理由は、彼女が「家族にとって完璧な主婦」としての素質をもっているからだと指摘している[3] (Eby 152)。このように、ジェニーを男性視点からみた「理想的な女性」として捉える解釈もまた多い。つまり、『ジェニー・ゲアハート』におけるジェニーは、古い社会の慣習に背き、都市化していく「新しい女性」という設定がなされながらも、男性に牧歌的イメージを抱かせる「理想的な女性」としても描かれているのである[4]。先進的な設定と保守的な性格、新しさと古さ、を併せもつジェニーの二面性には、都市化する社会を背景に理想化した牧歌がみてとられ、そのような彼女の描写は、人々の抱くアメリカン・パストラリズムの理念を象徴しているといえるだろう。

前章でも述べたように、ハンマは『ジェニー・ゲアハート』が、アメリカ文学において「真の田園小説に近い」ことを指摘しているが、その一方で、この作品が「都市社会や、物質主義的考え方から逃れたい（escape from the city）というレスターの願望」を描いた「都市小説」だという解釈の可能性も指摘している（Humma 157）。この「都市から逃れたい」という考えは、レオ・マークスが『田園の中の機械』の中で、都市に生きる人々の「精神的パストラリズムの傾向」として示している「都市からの逃亡（flight from the city）」（Marx 5）という記述を連想させる。マークスは、パストラリズムを描く当時のアメリカ文学では、牧歌的自然のイメージを宗教的メタファーとして用いることが普及したことを指摘しているが（Marx 100）、これは当時の人々が自然を神聖なもの、理想的なものとして捉えていたことを明示している。さらにマークスは、人々が「都市の富やパワーに熱中しつつその目的を田園的な幸福の追求としていた」（Marx 216）ことを指摘し、都市社会で人々が都市と牧歌的自然の「共存」という理想を抱くようになったことを明らかにしているが、一方で、この二面的な空間が人々の理想通り共存することは不可能であるということも主張している。その上で「古くからある調和の象徴は廃れた」と述べ、当時のアメリカ文学では「最終的に、（都市社会を生き抜く）主人公は社会から完全に疎外され、孤独で無力な存在となるのだ。あたかもヴァージルの田園詩の中で追いやられた羊飼いのように。もし、同時に、そのような主人公が田園風景に賛辞を送っているのだとしたら、それは皮肉的で痛々しいことである」と主張している（Marx 364）。つまり人々は、アメリカン・パストラリズムを理想としながらも、現実では都市に富やパワーを求めるか、牧歌的自然に安らぎを求めるかのどちらかを選択しなくてはならない状況におかれていたのである。

この、都市か牧歌か、の選択の必要性は、『ジェニー・ゲアハート』において、ジェニーとその周辺の人々、特にレスターとの関係の描写に顕在している。先に挙げたハンマの言葉も示すように、これまで『ジェニー・ゲアハート』については、レスターの不安定な描写に着目し、その二面性を指摘する批評が多くなされてきた。(5) しかし、『ジェニー・ゲアハート』で注目したいのは、作品の結末で、選択を迫られ結局ジェニーを捨てるに至ったレスターが決して満足して人生を終えていないのに対し、ジェニーは、ドライサーの他作品の女性主人公に比べ不幸には描かれていないどころか、むしろ好意的に描かれている、という点である。結末に描かれるジェニーは、都市で生活するレスターにとってまさにノスタルジアの対象なのだ。ドライサーはそのようなジェニーを好意的に描くことで、当時のアメリカ社会にみられた、アメリカン・パストラリズムの理念と、それにより創られた、理想の女性像を彼女に投影したのではないだろうか。

1．レスターとジェニーに示された「都市」と「牧歌」

レスターのノスタルジアとしてのジェニーをみるためにまず、本作品における「都市」と「牧歌」、及びその関係が登場人物によりどのように示されているかをみておきたい。まず、物語の前半でジェニーは、貧困に苦しむ彼女の家族を経済的に救うために、彼女の処女を、働いていたホテルに泊り客として来ていたブランダー上院議員に捧げることを決める。ブランダー氏が彼女に結婚の申し込みをし、将来自分と共にワシントンD.C.に来てほしいと告げた日の夜、ジェニーは次のように考える。

> 彼女は新しい、素晴らしい未来が存在する可能性を想像した。彼と結婚することになるのだ。考えてもみよう！　ワシントンに行くのだ──ここから遠く離れた。そして、彼女の父も、母も──もう大変な仕事をしなくてよくなるのだ。そして、バスは、マーサは、…彼女は夢中になって皆を救う方法について思いを巡らせた。（*JG* 48）

ブランダー氏の自分への好意について考える時、真っ先にジェニーの胸裏に浮かんでいるのは、彼女の父と母である。彼女が家族を救うために自分自身を犠牲にすることを厭わない女性として描かれていることがわかる。このような彼女の家庭的な性質を目にしたブランダー氏はジェニーに対して、「あなたは天使で、慈悲の女性（a sister of mercy）だ！」（*JG* 46）といい、彼女に強く惹かれている。ブランダー氏はここで、ワシントンD.C.のような都市社会では目にすることがなくなった、牧歌的な女性のイメージをもつジェニーに心を捕らえられているのである。

ジェニーと牧歌の結びつきは、「ジェニーの精神―それを誰が表現するだろう？」という一文から始まる『ジェニー・ゲアハート』の第二章に明記されている。ドライサーはここでジェニーの性質を「言葉では言い表せないほど和やかな気質」であると説明し、「物質の世界に閉じ込められていては、このような性質の人間の存在は殆ど考えることが出来ない」（*JG* 15）と述べ、ジェニーが物質世界の外側にいる存在であることを示している。そして、ジェニーと自然空間を結びつける次のような記述をしている。

天気の良い時には、彼女は台所の窓から外を眺めて、草原のあるほうへ行きたいものだと憧れた。（*JG* 15）

夏の精であるモリバトの静かな低い鳴き声が、遠くのほうから聞こえてくるとき、彼女はいつも頭をかしげて、その純粋な音色が、彼女自身の、おおらかな心の中に、白銀の泡のように滴るのを聴いた。（*JG* 16）

ジェニーが自然の美しさに共感し心を寄せる娘として描かれているが、第二章で描かれるこのジェニー像は作品の最後まで一貫してみられるジェニーの姿である。例えば、モリバトとジェニーとのつながりは、一人目の愛人ブランダー氏の死後、妊娠が分かったジェニーが父親に勘当され、コロンバス南部地域の田舎に借りた部屋で生活をしている場面でも登場する。

モリバトが夏の日の寂しい静寂のなかで鳴いている。人の来ない場所でさらさらと流れる谷川の流れが聞こえる。枯葉や雪の吹き溜まりの下で、細い枝が小さな花を咲かせて大空からの招きに応えている。ジェニーという女性の花もそのようであった。
ジェニーはただ一人残されたが、モリバトのように夏の日の甘美な声のようであった。家事をしながら不平も言わずわが身を犠牲にして、時のたつのをひたすらに待った。（*JG* 60）

このように、物語の中でジェニーの魅力は常に自然の美しさと関連付けて描かれている。また、出産直後の彼女については「理想的な母としての素質をもって生まれた女性だった」(*JG* 61) という言及もなされており、ジェニーが、家事、子育てという女性の役割に適した理想的な女性であることを説明している。ドライサーはジェニーを、都市社会から失われつつある牧歌的自然と関連付けながら、同じく都市社会から消えつつあった牧歌的女性として描き、それを都市に住む人々にとっての理想的な女性像として存在させているのである。

そして、この牧歌的イメージに対極する都市を象徴する役割を果たしているのが、ジェニーの二人目の愛人であるレスター・ケインである。作品の中でドライサーは、レスターについて次のように説明している。

　我々は今や不可抗力的な物質の力に支配された時代、精神力が物質の力に圧倒されている時代の中で生きている。物質文明の著しい、雑然な発展、社会生活の多種多様化、時代に対する我々の想像的な印象の深さ、微妙さ、危うさは、鉄道、運輸、郵便、電話、電信、新聞等の媒介物、簡単に言えば、社会的交通の完全なる機械化により、集約され、伝達される……我々はあまりに多くのことに重圧されている。あたかも無限の英知が、有限の人間の頭脳に自らを叩き込ませようと焦っているかのようだ。
レスター・ケインは、そうした不幸な環境の人であった。（*JG* 133：傍線筆者）

ここでドライサーは「あまりに多くのこと」の具体例として、列車や郵便、電話、新聞等、文明の発展を示すものを挙げている。これらは、都市社会を象徴するものである。(6) また、この記述が、レスターがジェニーに惹かれた直後にみられることを考えると、精神力（＝ジェニーに示される牧歌的理念）を淘汰してしまった都市社会（＝レスター）という構図が読み取られる。

牧歌的自然を示すジェニーに対して都市を示すレスターという構図は、ジェニーが家政婦として働くブレイスブリッジ家で、二人が初めて出会った時に抱く互いの印象にまずみることができる。レスターはジェニーに対して「優れた女性らしさ」（*JG* 77）を感じ、普段自分の周りにはみられないタイプだと考え、さらに「この娘は花のようだ」と彼女を花に例え、自然の美を感じている。一方ジェニーは、レスターを前に「彼はシンシナティから来たのだ」と都市から来たことに関心を示し、「彼は、とても大きく、ハンサムで、力強く見えた」（*JG* 76）とその力を感じ、都市における彼の職業について思いを巡らす。ジェニーとレスターのこのような関係性の構図は作品の最後まで崩されることはない。それは、物語の後半で娘の死に直面したジェニーが、シカゴの郊外であるサンドウッドという自然豊かな田舎町に住むことになった時、かつてレスターと交わした会話を思い出す場面でもみることができる。ジェニーとレスターは以前、馬車でサンドウッドを通り過ぎたことがあったが、その時ジェニーはその場所の平和で牧歌的な風景に心ひかれ、レスターに「いつかこのような場所に住みたいわ」と言う。しかし、それに対しレスターは、サンドウッドは「あまりにも引きこもりすぎている」と答え（*JG* 210–211）、自分にはもっと都会での生活のほうが好ましいと言うのである。『ジェニー・ゲアハート』において、都市と牧歌の表象が、レスターとジェニーという男女の関係性に寓意的に描かれていることがわかるだろう。

2. ジェニーの二面性から読む「ノスタルジア」

『ジェニー・ゲアハート』において、ジェニーは、都市的価値観に淘汰されつつある田舎の牧歌的価値観を象徴していると同時に、都市に住む人々のノスタルジアの対象となる、理想郷としての田舎を象徴してもいる。

①失われつつある「牧歌」

ジェニーにいわば一目惚れしたレスターは、「彼女を所有しなくてはならない」（*JG* 82）という思いに駆られ、早くも二度目の屋敷訪問時に仕事中のジェニーに声をかけ彼女を口説き、ニューヨークへの出張旅行に付いてくるように言う。突然の申し出にジェニーは驚くが、出し抜けで威圧的な彼の提案を断ることは出来ず、結局、レスターに付いてニューヨークに行くことになる。彼女を連れていけることになったレスターは「彼の獲物に誇り（very proud of his prize）」（*JG* 99）を感じ、「ニューヨークへ行ったら本物の服や装飾品を買い、ジェニーがどんなに華やかになれるかを見せてやる」とジェニーに言う（*JG* 99）。そして、ジェニーに洋服や装飾品を買い与え、「自分に本当にふさわしいものに彼女を作り上げるたびに、自分の力を試してみる」ことを最高の喜びだと感じている（*JG* 103-104）。このようなレスターの心情は、『シスター・キャリー』の中にみられたドルーエのキャリーに対する感情を思い起こさせる。自分のいる都市とは対照的な牧歌的イメージを示す女性に惹かれ、彼女を自分の価値観に適したものに変えていこうとする態度には、自然を淘汰する都市の優位性が示唆されていると考えられるだろう。レスターの「もの」となった後、ジェニーはレスターに連れられて、クリーヴランドからシカゴ、そしてニューヨークへと居を移していくが、このような場所の移動にも、キャリーの場合と同様、彼女自身の都市化、すなわち自然の都市化がみてとれる。初めのうちは、レスターからの申し出を拒もうとしていたジェニーだが、折しもジェニーの父が仕事中に手に火傷を負い失職してしまう。一家が再び生活に困るという境遇に置かれジェニーは、「全く他に方法はない」「自分の人生は失敗（failure）なのだ」（*JG* 95）と考え、レスターの力を頼る決意をする。ここに示された「失敗」という単語は、shamefully /shamelessness /ashamed といった「恥」を表す単語と共に作品の中でゲアハート家の描写をする際に何度か使われる単語である。一方、レスターの家族、ケイン一家の描写には、proud /prideful /authority といった「誇り」や「権力」を表す単語が使われている。(7) ジェニーを牧歌的自然の象徴、レスターを都市社会の象徴として捉えると、都市に対し自然が弱者として示されていることがわかる。さらに、ここでのジェニーの決意は、牧歌的自然の都市に対する屈伏を示し、都市に同化することを選択しなければ生き残れない、という選択の必要性を示すものとも考えられる。

牧歌的自然が都市に対し弱い立場にあること、そして、都市に同化することを選択しなければ社会で生き残ることはできないという選択の必要性は、ジェニーとの関係を通してみられるレスターの社会的立場の移り変わりにも示されている。特にそれはレスターの父による遺書に顕著である。ケイン家の主アーチボルドは、事業家として大成功した男であったため、息子のレスターが、田舎の貧しい家の娘ジェニーと結婚することを反対している。そのため彼は、死去する際に残した遺産相続についての遺言で「次男レスターの身の上に起こったある問題のために財産分与に関して、私はある条件を付ける義務を感じる」（*JG* 172）と記すのだが、その条件というのは、「三年の間、レスターには年一万ドルを与え、その三年のうちに彼は二者のうち一方を選択しなければならない。第一、ジェニーと別れ父の希望通り正しい生活に入ったら、彼の受け取るべき財産は直ちに公布される。第二、ジェニーと結婚しても良いが、その場合彼は一生、年に一万ドル受け取るにとどまる」（*JG* 172–173：傍線筆者）というものである。レスターの立場を考えると年一万ドルは少なすぎる金額である。ここには、ジェニーを選べばレスターの物質的豊かさは危うくなる、ということがはっきりと示されており、都市社会へ行けば生活が保証されるが自然空間へ行けば生活の保証が得られないという、都市と牧歌の相反的な関係性および選択の必要性を読み取ることができる。遺書にはさらに、もしレスターがジェニーと結婚もせず別れもしない状態、つまり「選択」することをしなければ、レスターへの相続は全く無くなる、ということも記されている。ここにも選択の必要性が示され、両者の「共存」の不可能性が示されている。

この遺言を受けレスターは、ケイン家と離れ自立してやっていけるかを試すために会社を辞め、土地投機事業を始めようとする。そしてロス氏と手を組んで郊外の土地を買い、「インウッド（Inwood）」と名付け、郊外へ住みたい人へ売却するという事業を企てる。それが次の場面である。

土地は素晴らしい形になった。そこには魅力的な「インウッド」という名前が付けられた。とはいえ、レスターも知っていたように、この辺りには貴重で小さな森がそこら中に点在していたのだ。しかし、ロス氏が言うには、郊外に家をもちたいと思う人々は必ずこの名前に惹きつけられるというのだ。将来ここに来る人たちの為に木陰を創ることに努力をしているところを見れば、人々は意図を汲み取ってくれるだろう、というのだ。レスターは微笑んだ。（JG 193：傍線筆者）

ここに記された「インウッドという名が人々を惹きつける」というロス氏の考えには、自然空間を連想させるイメージが、都市に住む人々の憧れとなっていることを示している。当時の人々が都市で生活しながらも、住居としては森のある自然空間を理想としていたことがここには示されているのである。そして同時に、人々がそのような自然のイメージを利用して利益を得ようとする傾向が、都市においてみられるようになったことも示唆されている。しかし、この事業は結局失敗に終わる。その土地の近隣に国際缶詰会社がオフィスビルを建てることが決まり、「インウッド」のセールスポイントであった、自然のある空間というイメージが崩れてしまったのだ。自然を開拓し理想的な場所として提供することで利益を得ようとしたレスター達の試みは、シカゴで力をつけた缶詰産業の郊外進出により失敗に終わるのである。これは、牧歌的自然が都市化の力に圧迫されていることを示すと同時に、都市で成功するための企てと自然の追求が相補的な関係をもつことは不可能である、ということも示していると考えられる。

この失敗の後レスターは、ジェニーを連れて出かけた海外旅行の道中で、社交界の昔馴染みの女性、レティに出会う。レスターはレティのことを「洗練されて理解があり、思想もあって、上流階級の教養と財産をもった女性」、ジェニーのことを「素直で情が細やかで理解があり上流社会の作法は全然心得ていないが人生の美だとか人間の愛だとかに対する感受性を授かっている滅多にいない女性」、と自分の中で考え二人を比較する（*JG* 221）。また、レティはレスターに「あなたは年一万ドルで満足できるような小さい男ではない」といい、ジェニーと離れ本来の場所に戻るべきだと説く。その後、精神的葛藤を経て、結局レスターはレティの言う通りジェニーと別れる決意をし、レスターはシカゴへ、ジェニーは自然豊かな小さい町サンドウッドへと離れていくことになる。レスターはレティと結婚し、目を見張るほどの成功を遂げるのだが、この目覚ましい変化には、自然を棄て都市で生きることを選択したことで、社会での成功が可能になったことが示されており、レスターの決断には、社会的成功のためには都市を選択せざるを得ない、という自然に対する都市の優位性が示されていると考えられる。

②それでも未だ理想である「牧歌」

レスターから選択されず田舎へと戻っていくことになったジェニーの姿には、都市社会に受け入れられず淘汰されていく自然の姿をみることができるが、ドライサーはジェニーの人生を必ずしも否定的には描いていない。それどころか、好意的に描いている。物語の中でレスターは、ジェニーと離れている時間が長ければ長いほど、彼女のもとに戻りたいと感じるようになる。これは、都市社会に傾倒すればするほど、自然空間での暮らしに憧れを抱くようになる、という、当時の人々が抱いていた自然に対するノスタルジックな感情の表れであると考えられる。

自然がジェニーを介してレスターの理想となっていることは、作品の結末における、病に伏したレスターの、ジェニーに対する態度からもみることができる。レティとの結婚後、ケイン夫妻はニューヨークに住居を移し、散財を楽しむ華やかな生活を送るが、そのような贅沢三昧の生活はレスターの身体を脅かすこととなる。そして、クリスマス休暇前、仕事で一人訪れていたシカゴのホテルでレスターは突然の発作に襲われてしまう。自身の最期を感じたレスターは、ニューヨークで友人のパーティーに出席している自分の妻レティではなく、郊外で暮らすジェニーに会いたいと願い、彼女を呼び出す。そして次のように話す。

「ジェニー、僕は最期に君に会っておきたかったのだ」

……

「二人があんな別れ方をしたのを残念に思っているということを、僕はいつも君に伝えたかったんだよ。あれは間違いだった。僕は少しも幸福にはなれなかった。残念だよ。自分の心の平和の為に、あんなことしなければ良かったと今思っているんだ」

……

「話せて良かったよ。ジェニー、君は本当に良い女性だ。今日会いに来てくれてありがとう。僕は君を愛している。今、君を愛しているんだ。それを伝えたかった。こんなこと言っても変に思うだろうけれど、僕が本当に愛した女性は君だけなんだよ」（JG 244）

自分から棄てたにも関わらず、死の直前になってこのようなことを言うのは全くもって自己中心的な態度である。しかも、自分一人都市社会の中で成功を遂げたにもかかわらず、自分の人生は幸せではなかったと告白し、その上、「自分の」心の平和のためにジェニーを棄てるべきではなかったと振り返っている。そして、父の遺言に脅え都市社会を選択してしまったことを「正しいことではなかった」と言うのである。ジェニーの苦労を考えると、この期に及んで何を言っているのだ、という気がしてくるが、レスターのこの態度からは、彼が結局のところ精神的には幸せな人生を送ることが出来なかったこと、自分が手放してしまったジェニーとの生活に（失ってしまったものに対する）ノスタルジアを感じていることがみてとれる。そう考えるとジェニーは、レスターに従属し吸収されてしまう弱い存在であった一方で、精神的な面では最後まで彼を魅了していた存在であったとも考えられる。さらにレスターは、当時のままジェニーとの生活を続けていれば良かったのかもしれない、とまで考え、父により強要された選択の必要性が必ずしも正しいものではなかったということに気が付いている。つまりドライサーは、都市と牧歌的自然の「共存」をいったん否定しながらも、それをレスターに後悔させることで「共存」という理念を肯定し、逆に、選択の必要性を否定しているのである。

この選択の必要性の否定は、作品の中ごろ、ハイドパークの一軒家における、レスター、ジェニー、娘ヴェスタ、そしてジェニーの父ゲアハート氏の共同生活の場面にもみることができる。自分が世間からみるとレスターには適さない女なのだと考えたジェニーは、手紙を残して家を出ていこうとする。しかし、そこにレスターが帰ってきてジェニーは引き止められるのであるが、その手紙の追伸に彼女は次のように記している。

追伸

私は父のいるクリーヴランドへ行くつもりです。父には私が必要なのです。父は一人ぼっちでおりますから。けれども、そこに私を迎えには来ないでください。レスター。それが一番正しい事なのだと思います。(*JG* 147)

結局、この手紙をきっかけにレスターはハイドパークに家をもち、そこにゲアハート氏も呼び寄せるようジェニーに提案する。ゲアハート氏は貧困を絵に描いたような男であり、敬虔なキリスト教徒である。都市と牧歌の枠組みで考えると、ゲアハート氏はまさに未開拓な自然を体現するような男性であり、都市を象徴するレスターとは相反する人物像としてみることができる。事実、作品の中で二人が親しく接することはそれまで殆どなかった。しかし、ジェニーの言葉をきっかけにシカゴのハイドパークで一つ屋根の下の生活を始めることとなるのである。引っ越した直後にゲアハート氏は早くも「暖炉と庭の手入れ」を自分の仕事と決め込む。これは都市にいながらも自然とのつながりを断たないゲアハート氏の態度を示している。共同生活が始まってからもゲアハート氏はレスターの都市的な生活ぶりに何かと不満を感じているが、ジェニーが間に立つことによって、結局彼らの共同生活はゲアハート氏が世を去るまで穏やかに続くのである。死の直前ゲアハート氏は、かつて都市的な価値観に傾倒していくジェニーを堕落したといって勘当したことがあったにもかかわらず、「お前は良い娘だよ、ジェニー」「お前はわしに良くしてくれた。わしはお前につらく当たってきたのに。しかしわしもおいぼれだ。これまでのことをゆるしてくれるか」(*JG* 200)と、ジェニーに対し感謝の意を示している。ここでは、ジェニーは都市と自然空間という二空間の間に立ち、共存を可能にしていると同時に、理想的な娘としての彼女自身の存在価値も示しているのである。真逆の存在であったゲアハート氏とレスターの共同生活、頑なであったゲアハート氏の最期の言葉、そして作品の結末におけるレスターの告白、これらは、ジェニーが都市社会と牧歌的自然の共存の理想を示す存在であること、さらには、彼女が、都市化する社会の中で人々が抱いていた牧歌への憧憬、すなわちアメリカン・パストラルの理念を象徴する存在として描かれていることを明らかにしているのではないか。

ここで、ジェニーに対する作者ドライサーの見解をより詳しく検証するために、ジェニーを、英国人作家トマス・ハーディーの『ダーヴァヴィル家のテス』(*Tess of the d'Urbervilles* 1891)におけるテス像と比較してみたい。『テス』には *A Pure Woman. Faithfully Presented* という副題がつけられているが、そこからも察せられるように、テスもまたジェニーと同様、二面性をもった女性像として描かれている。この副題にみられる Pure という単語に関して、作者であるハーディ自身は「テスの清純さは最後の最後まで損なわれなかった」と述べ[8]、一八九二年に出版されたテス五版のレビューの中で、「A Pure Woman」という言葉のもつ、社会価値に対立した自然価値の意義に注目するべきだ、と主張している（Hardy 28）。ハーディがテスを自然価値と社会価値の対立を示すものとして描こうとしたことがわかる。ドライサーがハーディの影響を大きく受けていたことは、ドライサーの長年の友人であるメンケンとの間に交わされた書簡からも窺われる。(9) 実際、テスとジェニーのおかれた境遇は非常によく似ている。ジェニーと同様テスも、未婚で男性と肉体的関係をもち子供を授かってしまうという過去を抱えたまま、別の男性と恋に落ちる。ジェニーが自分の過去に対し、「自分の人生は失敗であった」（*JG* 159）と感じているのと同様に、テスも自分の過去を振り返り、自分の人生は「汚されていないとは言えない」ものであると感じている(10)（*Tess* 324）。しかし、テスに対する恋人エンジェルの反応、ジェニーに対するレスターの反応、そして作者自身のそれぞれに対する処遇の仕方にはいくつかの相違がみられる。自分の愛する男性に自分の過去を告白する際、テスとジェニーは共に、「当時の自分は若かったのだ」（Angel, I was a child.（*Tess* 258）/ I was so young, Lester.（*JG* 126））と許しを乞うが、それに対しエンジェル、レスター共に、「……go to bed（*Tess* 262, *JG* 126）」といい、夜の街へ出かける。レスターは、この、過去の告白の場面とそれを受けた男たちの反応は非常に類似しているが、エンジェルがテスの過去を知った時、彼女に向かい「自分が愛した女は君ではない（*Tess* 255）」とテスを責め、「Now, let us understand each other.（*Tess* 278）」と言った後、テスから離れて暮らすことを選択する一方で、レスターはジェニーの過去を知ってもなお、自分がジェニーを愛していることを認め、「You and I might as well understand each other.（*JG* 127）」と言った後も、今まで通りジェニーと生活することを選択する（傍線筆者）。また、テスは作品の結末において処刑されてしまうが、ジェニーは最後まで罰されることはない。ハーディが最後にテスを罰したことは、テスのような過去をもつ女性に対する戒めともみられ、彼自身がテスの罪を認めていることを示している。一方ドライサーは、作品の最後までジェニーを罰することはしない。むしろ、レスターやゲアハート氏の態度が示すように、作品の最後まで好意的な立場でジェニーを描いている。確かに、作品の結末にみられる、レスターの葬儀への参列も許されず教会の陰から一人愛する人の死を見守るジェニーの姿は読者の同情を誘うし、二人の子供と残された人生に不安をもって思いを馳せる彼女の姿は必ずしも幸福であるとは言えない。しかし、ニューヨークへ娯楽旅行に出かけていたため夫の死に目に立ち会うことができずにただ涙を流しているレティの姿に目を向けると、レスターの死に目に立ち会えたジェニーが不幸だとは一概には言えないだろう。レティは作品の中で、華やかな都市を示すものとして存在し、レスターに選択されたものとして描かれているが、人生の最期においてレスターが必要としたのは、レティではなく、ジェニーだったのだ。このことからも、ジェニーが都市で暮らす男性にとって、まさに理想的な女性として描かれていると考えられるのではないか。

『ジェニー・ゲアハート』においてジェニーは、都市化する自然、あるいは淘汰される牧歌を象徴すると同時に、失われつつある牧歌に対する人々の憧憬も示している。物質的な成功は与えられなくても好意的に描かれたジェニーの姿には、都市に住む人々、そしてドライサー自身が抱いていた理想的女性像をみることができるのではないか。

註

(1) スヴェトレナ・ボイムの説明を参考にすれば、ノスタルジアという言葉はもともと、「故郷に帰る」という意味のノトスと、「切望する」という意味のアルジアという言葉から成り立つもので、場所の移動に大きく関連した概念であるという(Boym, Introduction)。著書の中でボイムは、小説の中で自然が若くて美しい女性により体現され、男性のパストラリズムとして描かれる傾向にあることを述べている。

(2) ウォルカットは『ジェニー・ゲアハート』を『シスター・キャリー』とともにドライサーの自然主義の第一段階に分類し、両作は「新しい女性」像を世に示した先進的な作品であると評価している。

(3) ref. "Dreiser and Woman" (Eby)

(4) 「新しい女性」の解釈は様々だが、本論においては、前章で論じた『シスター・キャリー』のキャリーにみられるような、田舎から都会へ赴き自身も都市化していく女性、消費社会の中で経済的自立を試みようとする女性、を前提としている。

（5）*Theodore Dreiser's Encyclopedia* の Jennie Gerhardt の項目にも、本作品のテーマがレスターの二面性であること、そして彼に選択の道が残されていないことであるという記述がある（Newlin 209-212）。またレスターの二面性についてはハッシュマンの論文も参照にされたい（Ibid.）。

（6）レイモンド・ウィリアムズの著書『田舎と都会』の冒頭にみられる定義によれば、一般に都市は、学問、コミュニケーション、文明といった、発展した生活にかかわるイメージをもつものであり、一方、田舎は平和、無垢、純朴と言った、自然的な生活にかかわるイメージをもつものであると捉えられ（Williams 1）、この定義からも、レスターを都市、ジェニーを田舎の表象として読むことは可能であると考えられる。

（7）この点に関してはゴゴールも、特にジェニーの父親像の描写を取り上げ、ゲアハート家が彼ら自身の人生を「恥」であると感じていることを指摘している。またゴゴールはドライサー自身の生い立ちもとりあげ、ジェニーの家族にみられる「恥」の概念にはドライサー自身の敗者意識が表れていると述べている（Gogol 138-139）。

（8）ピニオンが著書の中で、ハーディがレイモンド・ブラスウェイトとの対談の中で本文のように述べていることを指摘している（Pinion 134-135）。

（9）メンケンはドライサー宛ての手紙の中で、ドライサーの執筆活動の中にハーディの影響がみられることほのめかしているが、これに対しドライサーも認めている（*Dreiser-Mencken Letters* 229-234）。

（10）以降 *Tess of the d'Urbervilles* を *Tess* と略記する。

＊尚、本章で用いた『ジェニー・ゲアハート』の邦訳は、拙訳ではあるが、高松松夫訳『ジェニー・ゲルハート』（上・下巻）新潮文庫（1954）を参考にしている。

第3章　『資本家』、『巨人』——「新しい女性」像への懸念

——セオドア・ドライサー氏は、社会が自分に与えた以上のものを欲する「持たざる者」達に多大な感情を寄せていた作家である。……しかし氏は同時に、富の示す力の偉大さを認めていた作家でもあった。——

これは、二〇一二年五月、『ウォールストリート・ジャーナル』に掲載された、レオナルド・カッスートによる『資本家』出版百周年を記念した記事のなかに記されていた文言である。ここからも察せられる通り、『資本家』は世紀転換期アメリカの拝金主義をリアルな視点から扱った作品として読まれている。

ドライサーの長編第三作品目である『資本家』は、その翌々年に出版された『巨人』、晩年になっ

て発表される『禁欲の人』と共に、ドライサーの「欲望三部作」として知られている。「欲望三部作」は、資本主義が勃興した十九世紀後半（1860s-1900s）のアメリカ社会を背景とした三部作であり、実在した鉄道事業で大成功を遂げ、悪徳資本家としても名を馳せたチャールズ・ヤーキーズをモデルとした主人公、フランク・アルジャノン・クーパーウッドの資本家としての成功と失敗の変遷を、彼の恋愛情事と並行させながら描いた物語である。社会的弱者の立場にいる若者に焦点を当てたドライサーの前二作『シスター・キャリー』や『ジェニー・ゲアハート』とは異なり、始めから社会的強者の立場にいる若者がその力を使って如何に都市社会を生き抜くかを描いている。フィクションではあるが、実在した資本家の生涯を、綿密な調査に基づき、ほぼ忠実に再現していることから、[1]『資本家』および次作『巨人』は、十九世紀後半のアメリカ資本主義社会にみられた拝金主義と政治家の腐敗の実態を暴いた社会小説として読まれることが多い。チャールズ・ウォルカットは、この二作を「アメリカ自然主義文学の流れの中でおそらくもっとも膨大な量の調査資料を含んだ作品」であるとして、アメリカの新時代の始まりが内包する現実を実証した物語だと指摘している（Walcutt 199）。

しかし、『資本家』および『巨人』は、単にアメリカ都市社会の拝金主義や政治家の腐敗といった社会問題を暴露した社会小説だとは言い切れない。クーパーウッドの生活模様は「都市は、金銭、贅沢、学問、文明など発展した生活に関わるイメージをもつもの」というウィリアムズの定義にまさに当てはまり、都市を象徴するものとして描かれている。確かに、クーパーウッドの生き方には「道徳観を一切排除した資本主義化した都市社会」での生活が反映されており、その扱いにはドライサーの反都市（Anti-urban）の態度がみられなくはない。しかし、ロバート・ペン・ウォレンが、『資本家』はホレイショ・アルジャー物語をモデルにした作品であり、都市を支配する資本家達の社会における上昇志向と、それに対するドライサー自身の肯定的考えを示していると指摘するように（Warren 56）、ドライサーがクーパーウッドの上昇志向を通して示したのが、必ずしも都市社会のもつ反道徳性であったとは言い切れない。(2)

反道徳性に注目されがちであるクーパーウッドの上昇志向だが、それと並行するように、美への探求を深めていくクーパーウッドの様子もまた描かれていることにも注目したい。「欲望三部作」において、クーパーウッドの美の探求は、彼の女性関係を介して示されている。三部作を通してクーパーウッドは多くの女性と関係をもつが、彼の、女性に対する態度には、都会の威力、あるいは都会を支配することに対する彼の欲望が象徴されている一方で、都会からの逃避、つまり都市と対立する牧歌への憧憬も象徴されている。「都市」と「牧歌」の二項対立関係が、男女の関係を介して、前二作よりも一層複雑に本作品には示されているといえるだろう。

1. 三人の女性像の変化に示される「都市」と「牧歌」の関係

三部作を通して、クーパーウッドはあきれるほど多くの女性と交渉するが、都市と牧歌の関係を考察する上で特に重要であると考えられる女性が三人いる。最初の妻リリアン、二人目の妻エイリーン、そして最後の恋人となるベレニスである。この三人が特にクーパーウッドの生涯で影響をもつ存在であることは、『巨人』の中で彼が自身の人生についてベレニスに語っている次の場面からもわかる。

少し私の身の上話をさせてくれませんか? 長くはなりません。生まれはフィラデルフィアです。家族はずっとそこにいました。私の人生はずっと、金融と路面鉄道事業にかかりっきりでした。最初の妻は長老派信者で、信仰深く、保守的で、私より六、七歳年上でした。しばらくは幸せでした——五、六年は。子供が二人いて——いずれも元気でいます。それから、今の妻に会いました。私より年下です——少なくとも十歳、そしてとてもきれいでした。いくつかの点では、最初の妻よりも賢かった——少なくとも因習にとらわれにくかったし、寛容だと思いました。私は恋に落ち、結局、フィラデルフィアを離れ、前妻と離婚して、彼女と結婚しました。その時はすっかり惚れてしまっていたのです。理想の相手だと思いましたし、魅力的な長所がたくさんあると、今でも思っています。しかし、女性に関する私の理想は、常にゆっくりと変化してきました。いろいろな体験を経て、今、彼女が全く私の理想の女性ではないとわかったのです。(*TT* 421：傍線筆者)

ここにおいてリリアンは慣習的なイメージ(conventional)、即ち古い価値観を伴うものとして示されており、一方エイリーンはリリアンに比べ賢く(more intelligent)、反慣習的なイメージ(less conventional)、即ち新しい価値観を伴うものとして示されている。都市と牧歌についてのウィリアムズの定義と照らし合わせてみると、リリアンが牧歌を示すものとして描かれているのに対し、エイリーンは都市化した牧歌、つまり新しい女性を象徴するものとして描かれていると考えられる。しかし、リリアンはその牧歌的性質が原因で、また、エイリーンはその反牧歌的性質がシカゴ社交界に受け入れられないという現実から、結果的にクーパーウッドに棄てられることになる。そして、二人との関係の変化が、銀行や路面電車産業における成功に対するクーパーウッドの野望と並行して示されていることを考えると、リリアンには都市社会に適応できない牧歌、エイリーンには牧歌が都市化することの困難さ、つまり「新しい女性」の出現に対する否定的な見解、を読み取ることができる。

しかし、クーパーウッド自身もここで変化を認めているように、ベレニスに対する彼の態度は前記の二人とは異なって示される。ベレニスは牧歌的イメージを示す存在として描かれつつも、リリアンやエイリーンのように、感傷的で、男性に従属する女性としては示されておらず、むしろ、クーパーウッドを従属させる側面もみせる。即ち、都市と牧歌、二つのイメージがそれぞれ肯定的に彼女の中にはみられ、アメリカン・パストラリズムの理念が彼女の中に託されているようにも思われる。

では次項から、このような女性遍歴に示された都市と牧歌の関係の示され方の変化を詳しく考察するため、三人の女性の描写を一人ずつみていきたい。

①リリアン・センプル――「都市」に適応できない「牧歌」

最初の妻であるリリアンは、保守的で実直な夫をもつ五歳年上の女性である。彼女の夫が鉄道事業について話をするためにクーパーウッドの父親を訪問することが二人の出会いのきっかけとなる。二人が最初に出会う場面でのリリアンの描写は次のようなものである。

身長に恵まれ容姿容貌共に端麗だったにもかかわらず、ある種の無意識的な魂の安らぎが彼女には備わっていた。それは人柄の為せる業というよりは知力の欠如の方が原因だった。髪は乾燥したペルシャグルミの色をして鮮やかで豊富だった。顔色は青白く──クリーム・ワックスのようで──淡いピンクの唇と、見る側の光の加減で灰色から青と灰色から茶色へ変わる目をしていた。両手は細くて形がよく、鼻筋はまっすぐで、顔は優雅な細面だった。華やかでなく活動的ではなく、むしろ温厚でその自覚はないだろうが堂々としていた。(*TF* 37)

……

センプル夫人は多少本を読んだ─多くではなかったが。夫人には癖があって、座り込み時々じっくり考えごとをするのだが、それは何ら深い思慮に基づくものではなかった。肉体には特筆すべき美しさがあった。それこそ骨董品の花瓶の図柄のような、あるいは古代ギリシアの合唱隊から出てきたみたいだった。クーパーウッドが夫人に惹かれたのは、まさにこの点だった。出会ったときから彼は夫人から目をそらすことができなかった。夫人はこれに気づいていたが一向に取り合わなかった。すっかり社会の型枠にはまり、今では自分の人生が夫の人生と永久に結び付けられたことに満足し、堅実で穏やかな生活に落ち着いていたのだ。(*TF* 44：傍線筆者)

ウィリアムズは文学における「牧歌」の定義として、古代ギリシアの合唱隊のイメージを取り上げ、古代ギリシアの田園詩人を例示しているが、古代ギリシアの合唱隊のイメージになぞらえたリリアンの描写からは、彼女のもつ牧歌性が窺われる。また、「知力の欠如」や、「社会の型枠にはまっている」という描写からも、リリアンが慣習的な価値感をもつ女性であることが示されており、都市社会に生きるクーパーウッドとは対照的な立場として示されていることがわかる。クーパーウッドはリリアンにみられる、今まで彼が夜の街で出会ってきたような女性たちにはみられない牧歌性に惹かれる。そして、人妻でもあり慣習的でもある彼女を手に入れ、自分のいる世界へと引き寄せることに夢中になる。牧歌的な女性を手にいれ、変化させ、自分の世界へ取り入れようとする男性の野望は、『シスター・キャリー』のドルーエ、『ジェニー・ゲアハート』のレスターと共通するが、クーパーウッドはさらにここで、リリアンを手に入れることが意味する「反慣習性」に意義を見出している。リリアンに惹かれ始めたころ、クーパーウッドは男女関係に関する自身の見解について、「女性は家庭や身内のために尽くすべきだという考えには関心がなかった」と述べ、人々が、「倫理に関しては大層に」語り、「美徳や礼節を大きく讃え、七番目の戒律を破ったとかその噂があるだけで、人に当然の嫌悪を抱いて散々手をあげ」ることを批判している（*FF* 37）。また、クーパーウッドはリリアンに惹かれつつも、自分の最大の関心事は事業界での成功であると考えており、資本家として成功すれば多少の不貞も許されると信じている（*FF* 38）。クーパーウッドにとってリリアンは、都市社会を生きる自分の成功を示すものなのだ。そして、クーパーウッドのリリアンに対する所有欲は、自然に対する都市の支配欲に通じている。そもそも二人の出会いのきっかけが、リリアンの夫がもってきた鉄道事業の話であるということを考えても、リリアンに対するクーパーウッドの関心が彼の都市での上昇志向と関連付けられて示されていることがわかる。

その様な折、リリアンの夫が早すぎる死を迎える。未亡人となったリリアンには夫のやりかけの事業と彼が経営していた靴屋が遺されるが、彼女は全てにおいて意気消沈し、事業を放棄しようとする。しかしクーパーウッドは頻繁に彼女を訪ね、自身の事業界での力を行使し、彼女をサポートしようとする。そして、その様なやり取りを経てクーパーウッドはリリアンにプロポーズをする。リリアンは、初めは戸惑いながらも、結局は「彼は彼女に新しい世界への道を拓いてくれるように見えた」(*FF* 52) と、結婚を決意する。ここでもリリアンを手に入れるきっかけとなっているのは都市社会における事業の成功であり、リリアンの気持ちの変化には、都市に吸収されていく牧歌の様子がみられる。

リリアンと結婚した直後から、クーパーウッドはビジネス界でも躍進を遂げる。彼の成功は父の経営する銀行にも成功をもたらし、クーパーウッド親子はフィラデルフィアの富裕層が居住する地区に引っ越し、二軒並びの大邸宅を建てる。その際クーパーウッドは若い建築家エレズワースに多額の報酬を支払ってその設計を任せ、さらに部屋を装飾する美術品の収集にも興味を示すようになる。一方リリアンはそういった彼の美の探究に興味を示すことはなく、ただ彼の意向に従うのみで、やがて子供が出来ると家庭に籠るようになる。夫に従い家事に尽くすリリアンの姿は、それまでのアメリカ社会において理想とされてきた女性像であると考えられるが、クーパーウッドはその様な古い価値観を示す彼女に次第に満足出来なくなる。(3)(4)

その様な時クーパーウッドの前に現れたのが、若くてバイタリティーに溢れ、慣習にとらわれない女性、エイリーンである。クーパーウッドは、彼女の若さと新しいイメージに惹きつけられ、子育てに疲れた体裁の妻リリアンを見て、一層「美しさを失った彼女をこの先ずっと手元に置くことは不満である」と感じるようになる（*FF* 122)。リリアンはもともとクーパーウッドより年上という設定だが、古い価値観を守る彼女が示す時代遅れの牧歌的価値観は、都市で成功しようとするクーパーウッドの生活には適応できなかったことが、二人の関係の結末には示されている。この後、リリアンは結局クーパーウッドに見捨てられ、二人の離婚が成立する。都市に受け入れられない牧歌の弱い立場が、男性に振り回される女性の描写を通して示されていると考えられるだろう。と同時に、ジェニーの場合とは異なり、ここでのリリアンの扱われ方には、ヴィクトリア朝的理想女性像が、都市社会では受け入れられないものとなっているということを、ドライサーが認識していたこともみてとれるだろう。

②エイリーン・バトラー――混在する「都市」と「牧歌」

クーパーウッドがエイリーンに出会うのは、彼が鉄道事業に関する相談のため彼女の父エドワード・バトラー氏を訪ねた時である。彼女の第一印象について彼は次のように感じている。

なんて眩しくて、健康的で、はじけるような娘だろう！　彼女の声には十五歳か十六歳の活力がある。彼女は生命力にあふれている。あのような若い娘を手にすることが出来たら、なんて素晴らしいことだろう。彼女の父は彼を金持ちにしてくれるだろう。少なくとも、そうなるように助けてはくれるに違いない。(*FF* 69)

二人の出会いのきっかけが鉄道事業の相談であったということ、また「彼女の父は彼を金持ちにしてくれるだろう」という記述から、エイリーンに対するクーパーウッドの関心のきっかけもまた、リリアンの時と同様、彼の都市における成功にあることがわかる。

しかし、エイリーンの示す女性像は、リリアンに比べると複雑である。シビル・ワイアーはエイリーンを「二十世紀の文学に描かれる女性のイメージの先駆け」であり、「十九世紀の感傷的な小説にみられるヒロインとは対照的」な、「エロティックで、自立心を見せる」新しい時代の女性主人公であると指摘している（Wire 67）。たしかに、エイリーンは従来の牧歌的理想を否定し、都市にみられるようになった「新しい女性」のイメージを象徴している。しかし、自立と幸福を追求し強い意志と新しい考えをもつ「新しい女性」として描かれる一方で、エイリーンは、クーパーウッドに向かって簡単に「あなたのためなら何でもするわ。愛しい人」「あなたが望むなら、そしてあなたのためになるのなら、私、死んでも良いわ」（*FF* 147）と言ってしまうような、男性への愛に身を捧げる感傷的な側面をもった女性としても描かれている。(5) そして彼女の、男性に従属し愛に生きるというセンチメンタルな側面は、クーパーウッドが人生に抱く価値とは対照的に示されており、彼女が必ずしも「十九世紀の女性像と対照的」な「新しい女性」として描かれているとは言い切れない。

　エイリーンが、都市社会を体現するクーパーウッドとは対照的な牧歌的自然を体現するものとして描かれているということは、彼女の外的特徴についての言及にもみることができる。例えば、クーパーウッドがエイリーンの外見について「メダイヨン（the medallion：古代ギリシアの大型貨幣）のような体の線が、彼は好きだった。—なめらかな、古代ギリシア様式の」（*FF* 146）と述べているが、「古代ギリシア」のイメージは、リリアンの描写の中にもみられたものであり、先述したように、牧歌的イメージを示すものとして捉えられる。また、エイリーンの嗜好についての言及にも、彼女の牧歌性を感じさせる興味深い記述がある。クーパーウッドとの関係を父親に非難され反抗心をもったエイリーンは、友人宅へ家出を試みる。友人メイミーは文学に興味をもつ少女で、エイリーンに本を薦めるのだが、ここでエイリーンが特に共感したものとして『ジェイン・エア』(1847：英女性作家シャーロット・ブロンテによる長編小説)、『ケネルム・チリングリー』(1873：英男性作家エドワード＝ブルワー・リットンによる長編小説)、などが挙げられている(*FF* 275)。これらの作品はどちらかといえばセンチメンタルな作風をもつ小説で、エイリーンのもつセンチメンタルな嗜好が窺われる。特に『ジェイン・エア』は、「妻のいる男性と恋に落ち、彼の窮地を救い、結局その男性と結婚し幸せになる」といった内容で、主人公ジェインとエイリーンにはいくつかの類似点もみられる。例えば、両者とも、自立と幸福を求め、強い意志と新しい考えをもつ女性として示されていながらも、一方で愛する男性に身を捧げることを望んでいる。しかし、ジェインが牧師の娘で貧しい家の生まれであるという点、奉公先の家で恋に落ちるという点、都市ではなく牧歌的なイメージの残る自然空間で生活していくことを選択するという点を考えると、ジェインの示す女性像は、どちらかと言うと『ジェニー・ゲアハート』のジェニーと重なる。ジェインとジェニーは共に、自立した女性というイメージを示しつつも、愛する人に身を捧げることを望み、その望みが最後まで貫かれ、男性に受け入れられるという形で結末を迎えるが、一方、エイリーンは、彼女の愛する人に身を捧げるという望みは結局拒否され、受け入れられないまま終わってしまう。これは、ジェイン、ジェニーが最後まで素朴なものとして描かれ、自然空間へと回帰し都市から離れることを選ぶのに対し、エイリーンは世俗化したものとして描かれ、都市で生活していくことを望んでいることが原因であると考えられる。ジェイン、ジェニーに比べ、エイリーンがより都市の影響を強く受け、世俗化した新しい女性として示されていることがみられ、彼女が、牧歌的な価値観を示す一方で、「反十九世紀的」なイメージをもつ女性としても描かれていることがわかる。しかし、この二面性から、エイリーンはかえって都市社会において淘汰される存在となってしまうのである。

エイリーンの二面的なイメージは、拘留されていたクーパーウッドが釈放された後、彼の妻となり、彼と共に更なる都市、シカゴへと向かった後の人生からもみてとれる。シカゴに移転したクーパーウッドは、彼の事業界での成功の反面、シカゴの社交界にはなかなか受け入れてもらうことが出来ないという現実に苦しむ。次第に彼はその原因が妻エイリーンにあることに気が付く。というのも、シカゴの社交界はクーパーウッドの予想に反して保守的な価値を重んじており、彼らは、都市社会に出てきた「新しい女」としてのエイリーンを軽蔑しているのだ。シカゴ社交界に潜在する保守的価値観は、特に、社交界の人々の抱く女性像に顕著である。

この時代の女性の立場を本当に知るには、中世時代に戻らないとならない。その時代は教会が栄えていて、勤勉な詩人が、人生の現実を生半可に学んで、謎めいた光をもって女性を取り囲んでいた。それ以降、未婚者も、それから既婚者も同じように、女性が当たり前のように教えられてきたことは、女性は男性よりもきめ細かい粘土でできている、女性は男性を向上させるために生まれた、女性の好意はお金に換算できない、ということだった。個人の道徳とは無関係な恋愛のこのバラ色の霧は、男性に対する女性の聖人ぶった態度ばかりか、女性に対する女性の態度にさえ及んだ。今、エイリーンが目の当たりにしたシカゴの雰囲気は、まさしくこの幻想で創られていた。自分が紹介された婦人方は、この幻想の国に生きていた。宗教画や物語に登場するときでさえ、自分たちを完全なものとした。自分たちの夫は模範であり、自分たちの高い理想にふさわしくなくてはならず、他の女性たちだってどんな欠点があってもならなかった。（*TT* 63）

ここには、シカゴの社交界に属する人々、とりわけ女性の中に、牧歌的な理想女性像が依然として存在していることが示されている。さらにこの後、本文には、社交界の女性たちが新しくやって来たエイリーンに対し「彼女は可愛らしすぎる」あるいは、「意識を高くもちすぎる」という印象を抱き、彼女を社交界へ受け入れることを拒んでいることが示されている。エイリーンの世俗性がシカゴの社交界に受け入れられない要因となっていることがわかる。都市社会の影響を受け出現するようになった「新しい女性」を示すエイリーンが、その世俗性故、都市の社交界に受け入れられないという矛盾がここでは起きているのである。当時のアメリカ都市社会における、都市的価値観と牧歌的価値観の相克関係をここにみることができると同時に、伝統的な上流階級の人々によって形成されている社交界が、大都市シカゴにおいても、未だ保守的価値観を守っているという事実も窺うことが出来る。また、このような現実を受けて、クーパーウッドのエイリーンに対する態度も次第に変化していく。クーパーウッドはエイリーンのもつ、社会的上昇に対する野心や貪欲さを否定してはいないが、一方で「エイリーンがもう少しだけ違う性質の女性だったら」(*TT* 101) シカゴの社交界に入ることが出来るのに、と考えるようになる。

シカゴの社交界に受け入れられることがないまま、クーパーウッドは鉄道事業でその力を伸ばしていき、次第にエイリーンへの関心は薄れ、多くの女性と不貞を重ねるようになる。社交界に無視された上、夫に浮気されるという現状にエイリーンは苦しみ、その孤独と嫉妬心から自身も浮気を試みクーパーウッドを取り戻そうとするが、それもうまくいかず、ついには自殺未遂を起こすに至ってしまう。

都市社会に吸収され都市的価値観を身に付けたエイリーンが、都市に存在する牧歌的理想が原因で都市社会に馴染むことが出来ずに苦しんでいるという描写には、急進的に都市化する社会を生きる人々が直面していた二項対立的な価値観の間での葛藤を示していると同時に、女性が都市社会に進出し適応していくことの限界も示されているように思う。

③ベレニス・フレミング ──ノスタルジアを誘発する「牧歌」

ここまでみてきたクーパーウッドと二人の女性との関係は、いずれもクーパーウッド自身の関心事である鉄道事業をきっかけとして始まっており、彼女たちに対する関心は、クーパーウッドの資本家としての成功と並行して描写されている。しかし、リリアン、エイリーンとの関係を通してみられた、都市優位的な都市と牧歌の不安定な関係性は、彼と、彼の最後の恋人となるベレニスとの関係を通して少し異なる形で描写されるようになる。ベレニスは、クーパーウッドが知人から偶然紹介された未亡人カーター夫人の娘で、自然界の生物と霊的交信力をもつ女性として描かれ、「欲望三部作」最後までクーパーウッドに影響を与える存在として描かれている。クーパーウッドは初めてベレニスを見かけた時、「それまで見たこともないような女性」（*TT* 321）であると感じ、興味を示している。そして、彼女の牧歌的な美しさに惹かれていく。

　鼻と目に皺を寄せて、口元のあたりに形容できないような微笑みを浮かべて彼女が言った。

「私、小鳥をつかまえにいくわ」

「えっ、何を？」クーパーウッドは顔を上げて、聞こえてはいたが聞こえなかったふりをして尋ねた。彼女の動作を片時も見逃しはしなかった。ベレニスは、自分の周りの世界にうってつけの、ひだ飾りのあるモーニングガウンを着ていた。

「小鳥よ」頭を軽くもち上げて、彼女は答えた。「今は六月だから、スズメが雛に飛び方を教えているの」

　さっきまで会計監査に没頭していたクーパーウッドは、妖精の杖の一振りで、小鳥や雛鳥や草原や天国のそよ風が、レンガや石や株や債券より重要な別世界に転移させられた。彼は起き上がって、彼女が流れるような足取りで草原を渡る後を追い、ハンノキの茂みの近くで母スズメが雛鳥をそそのかして飛び立たせようとしているのを眺めていた場所まで来た。二階の自分の部屋から、彼女は外の世界のこの営みを観察していたのだ。彼女のおかげで気づいたのだが、自分の身の回りで、生きようとするこのすばらしい意志が作用しているというときに、自分の仕事などはそれに比べれば、生命のこの大きな移ろいの中で、いかに重要ではないものかと、クーパーウッドは強く思った。(*TT* 357-358:傍線筆者)

ここでクーパーウッドはベレニスの美しさと自然の美しさを同時に感じており、また、彼女と知り合うことで「小鳥や、雛鳥が草原や天空から来る世界が、レンガや石や株や債券よりも重要だ」と考えるようになっている。都市的価値よりも、自然のもつ牧歌的価値に重きを置くようになっているクーパーウッドの変化が窺える。

また、クーパーウッドは初め、ベレニスをリリアンやエイリーンと同様、自分のものにして影響を与えたいと考えていたが、次第に、それが容易には叶わないことを知る。そして「彼女なしでも生きられるはずなのに、彼女がそばにいない人生に何の意味があるのだろう?」(*TT* 426)と考えるようになり、ベレニスを「この世界に存在する唯一の理想」として富(wealth)や名声(fame)よりも重要なものとして捉えるようになる。それまでは牧歌的イメージをもつ女性を従属させることで、都市での成功をみせていたクーパーウッドが、ここでは逆にベレニスの示す牧歌的イメージに理想を見出し、それに囚われていることが窺える。そして、都市社会に適応できないでいるエイリーンを捨て、「理想」に思えたベレニスを手に入れることを望むようになる。しかし、すぐにクーパーウッドの求婚を受け入れ、彼に従属するものとして描かれたリリアンやエイリーンとは異なり、ベレニスは自身の道を貫くことを望み、クーパーウッドの求婚を拒否する。彼女が牧歌的価値を示す女性像として描かれていると同時に、自立を試みる新しい女性という側面をもった女性像としても描かれていることがわかる。男性に従属することを望むという慣習的な女性のイメージは排除しながらも、都市社会が失った牧歌的な美しさはもっている、というベレニスの示す女性像は、まさに、都市化する社会の中で牧歌への憧憬を捨てきれないという、世紀転換期アメリカ都市社会におけるアメリカン・パストラリズムの見解を反映しているといえるだろう。ベレニスに関心を寄せ始めた当時、クーパーウッドはシカゴのみならず、アメリカ全土において名の知れた悪徳資本家として描かれている。今や完全なる「都市の住人」となったクーパーウッドのベレニスへの想いは、都市で失ったものに対する彼自身のノスタルジアの表れと考えられるのではないか。

このように、『資本家』、『巨人』を通してみられるクーパーウッドの激しい女性遍歴の中でも特に影響をもっている女性三人に着目し、都市と牧歌の関係という観点から彼らの関係の描写の変化をみていくと、リリアンにより示された「都市」に淘汰される「牧歌」、エイリーンにより示された「牧歌」が「都市」化することの不可能性、そしてベレニスにより示されたノスタルジアとしての「牧歌」、という、都市と牧歌の関係の変化がみられ、都市化社会で生きる人々が、都市社会の中で失われつつある牧歌的価値観や自然に対して抱いていた感情が複雑化してきたことを読み取ることが出来る。また、クーパーウッドの女性遍歴に示された「女性に関する理想」の変化は、当時の都市化するアメリカ社会にみられた女性に対する理想像の変化とも捉えられるかもしれない。都市に出現した「新しい女性」たちは、一見社会に受容されたようで、実は完全に適応することは出来なかった。それは、失われつつある牧歌的価値観に対するノスタルジアが、彼女たちとは異なった女性像を理想として求めたからである。

一九二〇年代を目前に描かれた『資本家』、『巨人』は、まさに都市の示す新しい価値と、牧歌的理想の示す古い価値が混在する時代の現状を明確に描いた作品であるとともに、「新しい女性」たち出現への、ドライサーの懸念を示唆した作品であると捉えることが出来るのではないだろうか。

註

（1）ヤーキーズの生涯が如何に詳細に記録され、クーパーウッドに投影されているかについては、ゲーバー（Gerber）が“The Financier himself: Dreiser and C.T.Yerkes”で詳しく記述している。

（2）クーパーウッドとホレイショ・アルジャーの関係についてはピトフスキー（Pitofsky）の論も参照。

（3）大邸宅完成までクーパーウッド夫妻はリリアンの旧邸宅に一時的に暮らすが、そこでも彼は自身の美への探究を満足させるために、素朴な彼女の家を自分の好みに変えようと、レイアウトを建築家エルズワースに依頼し三千ドルを支払っている（*FF*55）。ここでも牧歌を吸収し都市化しようとするクーパーウッドの態度がみられる。

（4）十九世紀後半のアメリカにおいて、上流階級の人々が建築家のパトロンとなり、自らも建設活動に関心を示すようになったことは珍しいことではない。有名な例として、当時の若手建築家R・M・ハント（1827-1895）の施主となった鉄道事業者ヴァンダービルト一族の一員であるあるヴァ・スミス・ヴァンダービルトが挙げられる。詳しくはクリスティーヌ（Christine）の論を参照。

（5）エイリーンのセンチメンタル性についてはリンドバーグ（Lindborg）も論じている。

第4章　『天才と呼ばれた男』——都市への賛同と牧歌への憧憬

『天才と呼ばれた男』(1915)はその設定から、しばしば「欲望三部作」との類似性が指摘される。また、主人公ユージーン・ウィトラのこじれた結婚生活、芸術と商業との間での葛藤、広告担当の重役や出版社取締役の仕事とそこでの人間関係のもつれ、といった点が、ドライサー自身の人生と重なることから、ドライサー作品の中で最も自伝的な小説であるともいわれている(Hussman 91)。ユージーンが作家ではなく画家として設定されているという大きな相違はあるものの、物語の中に描かれている様々な要素がドライサーの身の上に起こった出来事と重なりあうことから、ユージーンをドライサーの分身としてみることは自然なことであろう。そして、分身であるユージーンが伝統的な芸術と商業的な営みの間で悩む芸術家として描かれていることで、『天才と呼ばれた男』は、文化批評的な側面から、世紀転換期のアメリカ都市社会を描いた作品であるといわれている。例えば、マイルズ・オーヴェルは、十九世紀から二十世紀にかけてのアメリカの芸術は、大まかにいえば、ハイ・カルチャーとポピュラー・カルチャー、精神的価値と物質的野望、芸術的世界と商業的世界、の二局面に分けられていたと述べ、そのどちらにも深く関心をもち、作品の中に投影している数少ない作家の一人としてドライサーを挙げている（Orvell 127）。そして特に「欲望三部作」と『天才と呼ばれた男』には芸術（Art）と商業（Business）の二局面が同時に描かれていることを指摘し、それら二つの世界を共に体現する人物として、それぞれの主人公、実業家でありながら飽くなき美への探求心をもつクーパーウッドと、天才芸術家でありながら有名出版社の編集長を務めるユージーンを捉えている。また、特に芸術家の立場から資本主義社会での生き残りを描いた『天才と呼ばれた男』には、芸術と商業のつながりに対するドライサーのこだわりがみられ、世紀転換期におけるアメリカ社会の中で、伝統的芸術世界と大衆的商業世界の間に置かれながらその二つの繋がりの中に発展を見出していかざるを得なくなったアメリカの文化に対する作者の批評が示されている、と指摘する（Orvell 127-129）。

しかし、『天才と呼ばれた男』が前作「欲望三部作」の設定と類似していることを考慮すると、オーヴェルが指摘する作品中に示されたアメリカ芸術の葛藤が、単に作者の文化批評、或いはウォルカットが指摘するような反因習的見解を示しているだけではないことがわかる。『天才と呼ばれた男』の舞台背景は、「欲望三部作」と同様、世紀転換期のアメリカ都市社会、産業化が進みアメリカ社会の都市化が顕著になる時代である。『天才と呼ばれた男』に描かれた、「商業」的価値と「芸術」的価値の間における主人公の葛藤にも、同様に世紀転換期アメリカ都市社会における「都市」と「牧歌」の二項対立関係とアメリカン・パストラリズムが描かれていると考えられるであろう。

『天才と呼ばれた男』でも、「欲望三部作」と同様、都市と牧歌の関係を巡るアメリカン・パストラリズムは主人公ユージーンの女性関係を巡る葛藤を介して表されている。どちらの作品もそのあらすじは、社会的強者の立場にいる若者がそれぞれの才能を活かし、都市社会を如何に生き抜いていくかを追っていくものとなっており、クーパーウッドは、鉄道事業の世界に進出し資本家として都市社会で成功し、ユージーンは、都市を描く画家としての才能を捨て、「より金になる」出版業界に進出し資本家として成功する。両者の場合も、財を手に入れる為には都市社会での事業への加担が必須要件となっていると同時に、共通して資本家としての都市での成功の過程が、彼らの激しい女性関係と関連付けて示されている。前章でみたように、「欲望三部作」にみられるクーパーウッドと彼を巡る女性との関係の描写の変化には、「都市」と「牧歌」の不安定な関係が象徴されており、男性に振り回される女性登場人物の描写には、都市社会における「新しい女性」出現への否定的見解と、パストラリズムに重ね合わされた女性に対する理想像を読み取ることができる。『天才と呼ばれた男』が「欲望三部作」に類似した設定で描かれていることを考えると、ユージーンと関わりをもつ女性たちの描写にも同様に、都市と牧歌の相反的関係や、都市社会にみられるアメリカン・パストラリズムを読み取ることが出来るのではないだろうか。

実際、ユージーンの妻として登場するアンジェラ・ブルーは、都市とは対照的な空間として提示されるブラックウッドという田舎町で生まれ育った、ピューリタン的傾向が強く、因習的価値を重んじる娘として描かれており、牧歌的理想を体現するものとして捉えることが出来る。一方、物語の中でユージーンの愛人として登場する女性たちは皆、都市社会に何らかの関わりをもって描かれている。ユージーンの激しい女性関係は、ユージーン、アンジェラ、その他女性たち（ユージーンの浮気相手）、の三角関係の中で展開されている。その中でのユージーンの葛藤にも、「都市」と「牧歌」の二項対立の関係を読み取ることは可能であろう。つまり、本作品には、主人公の、「商業」と「芸術」との間における葛藤と、女性問題を巡る「都市」的価値と「牧歌」的価値との間における葛藤の二つが相互に関連しながら描かれており、「都市（浮気相手）／商業」対「牧歌（アンジェラ）／芸術」という形で、二つの価値観の間に挟まれた主人公の戸惑いが示されているのである。

1. ユージーンの女性関係から読み取る「都市」と「牧歌」の関係 ――「牧歌」の影響力

①「牧歌」的理想像を示すアンジェラ

本作品の中でユージーンは、非常に多くの女性と関係をもつが、終始一貫して登場する女性は妻であるアンジェラのみである。アンジェラは、ブラックウッドという小さな田舎町に育ち、牧歌的イメージを体現した女性として描写されているが、作品におけるユージーンの激しい女性関係は、常に彼とアンジェラとの関係を軸に展開されていく。牧歌的なアンジェラと、彼女とは対照的な都市的価値観を示す存在として描かれるその他の女性たちの間で苦しむユージーンの描写には、「都市」的価値と「牧歌」的価値の間での人々の葛藤をみてとることができる。

アンジェラは、ユージーンよりも年上の小学校教師で、小さな田舎町で育った娘である。ユージーンのアンジェラに対する第一印象は次のように描かれる。

ユージーンは彼女を若いと思った。純真で素朴だと自分が一方的に思い込んだものに魅せられたのだ。実際には大して若くもないし洗練されてもいない、無意識に純真さを模倣していたにすぎないのだが。古くからの感覚でみれば彼女は非の打ち所がない良い娘である。義理堅く、お金には几帳面で、平凡な物事でも全てに真摯に向き合い、その上、結婚と子育てを全女性の運命であり義務だと考えるのだから、それこそ貞女の鑑である。

星座、夜、美しい景色、自然界の美しいものならなんだって彼を魅了し物悲しい気持ちにさせることができたのに、彼女と一緒だと自然といえどもその特徴が全開であっても殆ど気づかれることなく過ぎ去った。(*TG* 43)

アンジェラのみせる「古くからの感覚での」理想的な女性像にユージーンは高貴な自然に抱くのと同様の感情を抱き、惹かれている。アンジェラが牧歌的なイメージをもつものとして描かれていることは、アンジェラがユージーンに会いにシカゴへ行った際、彼に対し「私はただの田舎娘(just a country girl)で都市(the city)に出てくることなんて殆どなかった」(*TG* 44)と言う場面からもわかる。また、ニューヨークで画家としての生活の目途がついたユージーンが彼女に会うためにブラックウッドを訪れる場面にも、アンジェラの田舎性は顕著である。ユージーンがアンジェラの故郷、ブラックウッドにやってきた折、馬車の上から目にするブラックウッドの景色が次のように描かれている。

> 柵の隅にかわいらしい野生の草花がたくさん生い茂っていた――黄色とピンクの野ばらや、ニワトコや、ノラニンジンが美しく咲き乱れ――そのすばらしさにユージーンは目を奪われてしまった。黄色に染まりつつある小麦畑の美しさや、すでに三フィートもある育ち盛りのトウモロコシや、干し草と牧草の間に続く道や、その周囲の小さな森に胸がときめいた。その上では、イワツバメやツバクラメが虫を追い、少年時代の夢のように美しい空へ高らかと猛禽が舞い上がる。
>
> 　馬車に乗っている間は童心に帰った気分だった――羽ばたく蝶や鳥が大好きで、モリバト（そのとき遠くの静寂の中で一羽鳴いていた）の鳴き声に夢中になり――田舎の男たちのたくましい力に憧れるのだ。（*TG* 77）

ここに登場する「モリバト」は、自然とジェニーのつながりを表わす際、また、自然とベレニスのつながりを表わす際にも登場し、男性登場人物から見た自然の美しさと女性の美しさの一体化を象徴している。この描写の後、ユージーンはさらに、この様な自然の情景は「僕たち都市に住む者には分からない」（We city dwellers do not know（*TG* 77））と感じ、都市社会からは消えてしまった田舎の自然の美しさに魅了されている。また、自然に囲まれたアンジェラの家に滞在中、ユージーンはハンモックに揺られながら、農業を営むアンジェラの家族の生活を「なんて牧歌的で、なんて甘美なんだ（[S]o pastoral, so sweet.）と感じ、これよりも平和な生活は無いような気にさえなっている（*TG* 83)。ここで田舎は、都市に住む人にとっての現実逃避先として示されており、ユージーンの感情は、都市に住む人々が抱いていた牧歌的理想への憧れと、牧歌へのノスタルジアを象徴している。そして、ユージーンにそのような感情を抱かせるのが、自然そのものではなく、牧歌を体現する女性として描かれるアンジェラなのである。

アンジェラが、古くからの価値観を重んじる女性として描かれていることは、彼女の結婚に対する見解にも表れている。

アンジェラの精神面と感情面の成り立ちはしっかりしていた。子供の頃から結婚は定めだと信じることを学んでいた。一生をかけて一つの愛情を貫くものだと信じ込んでいた。それを見つけたら、それに該当しない他の関係はみんな終わりである。子供はあればあったでいいし、なければないでいい、とにかく結婚は永遠なのだ。そして、幸せな結婚をしていなかったとしても、どんな幸せが残っているかもしれないからそのためにも耐え忍ぶのが務めなのだ。このような共同生活にはこりごりかもしれないが、その生活を壊すのは危険で不名誉なことである。

もしも結婚生活にもうこれ以上耐えられなくなってしまったとしたら、その人生は失敗なのだ。（*TG* 54）

この考え方は、後に登場する、都市社会を象徴した「新しい女性」として描かれるユージーンの愛人たちとは真逆の考え方であり、田舎で育ったアンジェラの因習性を強調している。アンジェラのもつ牧歌的なイメージは、二人の婚約期間中にユージーンが秘かに交際する他の女性たちの描写と比較しても明らかである。例えば、シカゴで画塾に通い始めたユージーンは、そこでヌードモデルをするルビー・ケニーと出会い、その美しさと大胆さに惹かれる。ある日、教室で二人だけとなり、初めて言葉を交わす。

「どこに住んでいるんですか？　住所を知りたいな」ユージーンは鉛筆に手を伸ばした。彼女は西五十七番街の番地を教えた。集金の仕事をしていたからその近所を知っていた。サウスサイドはずれの粗末な木造の住宅街である。その近所の取り立てで大変な苦労をしたことや、舗装されていない通りや、ぬかるんだ草地が一面に広がっていたのを思い出した。ゴミと石炭置き場の一帯に咲くこの一輪の花がモデルだとは、何だか話が出来すぎている気がした。（*TG* 49）

ルビーの生まれ育った場所が、アンジェラが育ったような自然豊かな場所とは異なり、都市化するニューヨークの、殺伐とした地域であることが示されているが、ユージーンはその様な場所で育った彼女に興味を抱き、実際彼女の家を訪れ、その夜、生まれて初めて女性と関係をもつ。そのような体験はユージーンがアンジェラに求めても手に入れることが出来なかった喜びであり、彼はアンジェラとの結婚を考える一方、可能であればルビーとの関係も続けていきたいと考えるようになる。華やかな都市の誘惑と、牧歌に対する理想の間におかれ、どちらも手に入れたいというユージーンの願望がみられる。しかし結局は、ルビーではなく、「ルビーに比べ純粋な」アンジェラの牧歌的側面により強く惹かれ、ルビーとは離れ、アンジェラを選ぶ。ユージーンのこのような態度は、キャリーを選んだハーストウッド、ジェニーに惹かれたレスター、ベレニスに魅了されるクーパーウッドのそれと一致し、都市に住む男性が、牧歌的なイメージをもった女性に惹かれる傾向にある（あるいは、作者ドライサー自身がそのような傾向にある）ことが推察される。

その後ニューヨークへと移り、画家として生計を立てることに成功したユージーンは、アンジェラに会うためにブラックウッドを訪れ、そこでの牧歌的な生活に強く感銘を受けるのだが、ニューヨークへ戻り程なくして、今度は二人の女性芸術家、彫刻家であるミリアム・フィンチと、オペラ歌手であり国際的プリマドンナであるクリスティーナ・カンニングに出会い、彼女たちとの関係を通してますます都市生活に馴染んでいく。彼女たちはユージーンに全く異なった世界を見せてくれる存在として描かれ、知的で芸術的で、尚且つ独立した、新しいタイプの女性として描かれている。特に、若くて美しいクリスティーナにユージーンは心を奪われ、恋に落ちる。そしてその夏、アンジェラに会いに行くのを中止し、クリスティーナの招待で彼女の別荘のあるフロリゼルを訪れることにする。滞在中、クリスティーナとユージーンはブルーリッジマウンテンへ二人で旅行に出かける。自然の中でユージーンはクリスティーナの美しさを自然の美しさと重ね、その美の永遠の所有を夢みる。都会的なクリスティーナよりも、牧歌的なクリスティーナに所有欲を刺激されているユージーンの姿が明らかにされているのだが、そこでの最後の日、クリスティーナはユージーンに対し次のように宣言する。

「じゃあ、次に会うときは、私はニューヨークのミス・カンニングよ。あなたはミスター・ウィトラ。ここでずっと一緒だったことを私たちは殆ど忘れちゃうの。見たものを見たのに、したことをしたのに、それらは幻想なの」

「ねえ、クリスティーナ、まるで何もかもが終わったみたいな口ぶりだよ。そんなことはないよね？」

「ニューヨークじゃ、こんなこと出来るわけがないでしょ」クリスティーナはため息をついた。

「私には時間がないし、あなたは仕事をしなきゃならないのよ」

声の調子に幕引きの響きがあった。

「ねえ、クリスティーナ、そんなこと言わないでくれよ。僕にはそんな考え方はできない。お願いだよ」

「だめよ」クリスティーナは言った。

……

「僕を捨てるの?」ユージーンは尋ねた。

「ちがうわ、あなたが私を捨てるの。でも忘れないで、あなた! わかってないの? あなたは全てをもっているのよ。私をあなたの森の妖精にしておいて。あとはいつもどおりよ」(TG 108)

自然の中で繰り広げられた二人の幸せな関係は、都市社会で生きていくには適さないということをクリスティーナはここでユージーンに示している。ここでみせるクリスティーナの強い態度は(このようなセリフを堂々と言えてしまうところが「都会的」ともいえるが)、アンジェラにはみられないものであり、都市で成功することを目指す、まさに「新しい女性」を描いており、ブルーリッジマウンテンの別荘で彼女がみせていた女性像とは相対するものである。自然の中にいるときには、ユージーンに全てを捧げる、彼にとってまさに理想的女性像を示していた彼女が、都市社会の中では、仕事を優先させることを主張する新しい女性像を示すのである。そして、ユージーンに森の中の自分の姿は「妖精」すなわち幻想であり、都市でそれを手に入れることは無理なのだ、という現実を突きつける。ここでのクリスティーナの態度は「牧歌」は都市社会においては幻であるということを示し、「牧歌」的価値観をもった女性が都市社会に適応していくことの不可能性を示しているといえるだろう。そして、都市社会で出会ったクリスティーナに魅了されたにもかかわらず、自然空間で彼女がみせる牧歌的な態度に理想を見出し、彼女との関係を続けたいというユージーンの願望は、都市に住む人々が失いつつある自然に対して抱くノスタルジアを示唆しており、同時に、都市で暮らす男性が理想として抱くのが結局、牧歌的なイメージをもつ女性であるということを明らかにしている。しかし、クリスティーナと関係を続けたいというユージーンの願望は否定される。『ジェニー・ゲアハート』にもみられた「都市」か「牧歌」かの、「選択の必要性」がここでユージーンにも求められているのだ。

ニューヨークへ戻った後、クリスティーナは宣言通り二人の間には何事もなかったかのようにふるまう。傷心したユージーンは結局「アンジェラは決して彼をそのようには扱わないだろう。彼女は本当に彼を愛してくれている。忠実で誠実なのだ」(*TG* 113)と、アンジェラの保守性に安らぎを感じ、彼女の元へと戻るのである。しかし一方でユージーンは、アンジェラが自分のいる都市社会に適応できるのか疑問に感じるようになり、結婚することが正しい選択なのか分からなくなってもいる（*TG* 122)。アンジェラとユージーン、そしてアンジェラと結婚するまでの彼の女性関係と迷いからは、「都市」的価値観と「牧歌」的価値観とのあいだでの葛藤がみてとれ、その共存、すなわち、アメリカン・パストラリズムの不可能性が示されているように思う。

②スザンヌに示される反因習性

ユージーンの葛藤はアンジェラとの結婚後も続く。結婚後、ユージーンは画家として認められ始めたのも束の間、アンジェラとの激しい性生活が原因で制作に打ち込めずスランプに陥る。更に過去の女性関係が露見し、アンジェラの激しい嫉妬を受けた挙句、健康を損ねてしまう。結局画家を辞め、肉体労働に従事することになるのだが、その後運よく出版業界に職を見つけ、アートディレクターや編集者として才覚を現し、資本家へと成り上がっていく。ある程度の資産を手に入れたユージーンは、再び女性の美を所有することを強く望むようになる。そして、ユージーンの最後の愛人となるスザンヌに出会い、彼女に執心する。

ユージーンが一目でその美しさに魅せられるスザンヌは十八歳で、財産家の未亡人であり四人の子をもつデイル夫人の長女である。ユージーンはこの母娘とビジネスを通して出会っている。スザンヌに初めて会った時、ユージーンは彼女の若さが示す美を強くたたえ、一夫一婦制に疑問を示し、スザンヌを手に入れることに夢中になる。ユージーンとスザンヌの許されざる関係は、ハッシュマンが指摘するように、性的問題を巡る因習的見解に対するドライサーの反抗的な態度を示したものであると捉えられている（Hussman 94-97）。スザンヌが反因習的見解を示すものであるということは、ユージーンとの関係がアンジェラに知られてしまった時の彼女の挑戦的な態度をみてもわかる。激怒したアンジェラによるユージーンの過去の暴露を受け、スザンヌはユージーンに対し「私は過去なんて気にしない」（TG 381）と、過去にこだわるアンジェラとは異なることを主張する。さらにその後、幸せな結婚を望む母親に向かい、「私には自分の意志と考えがあることを忘れないで。私は結婚なんてしたくないのかもしれないのよ」（TG 388）と言いデイル夫人を困惑させている。また、ユージーンとの関係を知り取り乱すデイル夫人に向かい、「お母さんは私を理解していないわ。理解したことなんてなかったのよ」「私はウィトラさんを愛しているの。……人々がどう思おうかなんてまったく気にしないわ」（TG 394）と言い放ち、因習的価値には縛られないことを主張している。アンジェラやスザンヌの母が示す因習的な見解とは対立した反因習的見解が示されており、確かに、性的問題に関するドライサーの反因習的態度がスザンヌを介し提示されていると考えることができる。

しかし、スザンヌもまた、「新しい女性」としてユージーンに受け入れられるわけではない。スザンヌとユージーンの関係は、デイル夫人により企てられた、ユージーンの出版業界での地位失墜、それに伴う資産の喪失が原因で終わりを迎える。この時のデイル夫人の行為は無情であるようにも思われるが、ハッシュマンが「デイル夫人の行動は同時にスザンヌをユージーンの理想に従って生きることの困難から救い出している」(Hussuman 100) と指摘するように、女性に対するユージーンの利己的な理想からスザンヌを救い出すという役割も果たしていると考えられる。この、「ユージーンの抱く理想」というのは、彼が女性に抱く牧歌的な理想のことを指しており、それは、彼がスザンヌを失ったときにキーツの詩を思い浮かべ、都市社会を放棄してでも手に入れたいと願ったスザンヌとのロマンティックな日々の喪失を嘆いていることからも窺うことが出来る[1] (TG 440)。つまり、反因習的見解を示すスザンヌにも、ルビーやクリスティーナの時と同様、ユージーンは牧歌的理想を夢みたのだ。しかし、今回もまたその様なユージーンの願望は叶わずに終わる。「都市」と「牧歌」の共存の難しさ、アメリカン・パストラリズムの不可能性がスザンヌとの関係にも象徴されているといえよう。

スザンヌと別れた後、それまで自己中心的な態度をとり続けてきたユージーンの態度に変化が見られる。スザンヌに立ち去られたユージーンは出産を控えるアンジェラのもとに帰り、アンジェラの命が危ういことを知る。一時は彼女の死を願ったこともあったが、苦しむアンジェラを前に自分の過去を反省し、彼女の無事な出産を願うようになる。次に示すのは、アンジェラが娘を出産した直後の二人の会話である。


ユージーンは彼女［アンジェラ］の手をとった。アンジェラは嬉しさのあまり泣いたが、その声は弱く、音のない泣き声であった。ユージーンもまた泣いた。「女の子だったのね」彼女が尋ねた。「そうだよ」とユージーンは答え、しばらくして言葉をつづけた。「アンジェラ、僕は君に伝えたいことがあるんだよ。君には申し訳ないことをしたと思っている。自分が恥ずかしいよ。元気になっておくれ。いい夫になるから。絶対に」……

「泣かないでください」とアンジェラは言った。「私はきっと大丈夫。良くなります。私こそ悪かったわ。私こそ、悪い妻だったのよ」アンジェラはユージーンに指を絡ませたが、彼はただ言葉を詰まらせた。声を出すことが出来なかったが、ようやく何とか、声を絞り出していった。

「悪かったよ。悪かった」（*TG* 466）

ここでアンジェラは、一度は別の女性に夫を奪われたにもかかわらず、依然変わらず彼を受け入れ、夫に忠実な態度を見せる。しかし、ユージーンの願いもむなしく、アンジェラは赤ん坊を残しこの世を去っていく。多くの女性と交際を重ねたユージーンであったが、結局はアンジェラの存在意義を認め、彼女が残していった子供と共に残りの生涯を過ごす決意をする。スザンヌに一度は夫を奪われたアンジェラの生涯は、牧歌的理想の敗北、或いは、都市と牧歌の共存に対する否定的見解を意味するようにも思えるが、結末でユージーンがみせる気付きには、結局、都市社会に生きる男性にとっての理想の女性は、都市的価値観をもつ「新しい女性」ではなく、最後まで一人の男性を愛する、従順で牧歌的なアンジェラのような女性なのだ、という男性の理想を示している。これは、『ジェニー・ゲアハート』で、レスターがジェニーにみせた態度にも一致していると同時に、ドライサー自身の女性に対する見解もまた示唆されていると考えられはしないだろうか。

2. 芸術の描写から読む「都市」と「牧歌」の関係――「都市」化の影響力

①「牧歌」と「芸術」の連合関係

『天才と呼ばれた男』において「都市」と「牧歌」の二項対立関係は、ユージーンの女性関係と連動しながら、「商業」と「芸術」の間に置かれたユージーンの葛藤にも示されている。それが顕著にみられるものに、娯楽施設ブルー・シー建設への投資についての描写がある。その投資の話が出て来た時、ユージーンは出版業界で年俸二万五千ドルを稼ぐ有名事業家となっている。浪費家となり日々派手な生活を送る彼のもとに、ロングアイランドの南岸に避暑地としての娯楽施設「ブルー・シー」を建設する話が舞い込む。その関連会社への五万ドルの投資をもちかけられたユージーンは、迷いながらも、将来二十五万ドルになる見込みがあるという話に魅了され、承諾する。資本家として働くユージーンに、アンジェラは「あなたがもし芸術の世界に戻りたいのであれば、今の私たちの生活であれば十分にそうすることが出来る」のだと言い、資本家としての成功よりも芸術家としての活動に戻ることを願うのだが、それに対してユージーンは「絵を描く事では、出版を生業としているのと同じような生活は出来ない」(*TG* 332) のだと、芸術では現在のような華やかな生活は出来ないと主張し、芸術よりも資本家としての道を選ぶと言う。芸術を優先するアンジェラの態度は、ビジネス界の人々から「ユージーンが今まさに入り込もうとしているニューヨークの上層社会には適さない」(*TG* 313) と批判される。ここで芸術（画家という職業）が、アンジェラのイメージと連動して、都市社会での成功には適応しない立場にあるものとして描かれている。

また、物語の中で、ユージーンが芸術家として生計をたてようと決意する場面が二箇所あるが、そのどちらにもアンジェラの影響があることも忘れてはならない。作品前半で、ユージーンが画家としてニューヨークに進出する場面では、アンジェラとの結婚がその起点となっており、後半で画家として再起する場面では、彼のもとに残されたアンジェラ二世を養っていくことがその起点となっている。芸術という職業がアンジェラと結びつけられて描かれており、本作品において都市での成功とは対照的なものとして示されているのである。

②「牧歌・芸術」内にみられる対立

しかし、ユージーンが女性に牧歌的理想を求めていたからと言って、芸術にも同様に牧歌的理想を見出していたわけでは決してない。

先に挙げたオーヴィルの指摘にあるように、世紀転換期におけるアメリカの芸術は、ハイ・カルチャーとポピュラー・カルチャー、精神的価値と物質的野望、芸術的世界と商業的世界の対立に直面しており、それまでのお上品な伝統に代わり、新しい精神を表現する芸術家達が出現するようになった。つまり、芸術そのものの中にも、新しい「都市」的価値と、因習的な「牧歌」的価値の対立がみられるようになったのである。そして、『天才と呼ばれた男』の中でもアメリカ芸術界が直面するこの葛藤は示されている。『天才と呼ばれた男』が単に自伝的小説ではない理由として、主人公ユージーンが画家であることが挙げられるが、ドライサーがこの設定にしたのは、アメリカ美術における新しいスタイルとしてのリアリズム絵画の台頭を強調し、美術のみならず、文学を含めアメリカ文化全体に同様の傾向があることをここで示したかったからであろう。キリーレ・アルナフォンが述べるように、ドライサーは早い頃から美術に深い関心をもち、世紀末から一九一〇年代にかけて画家たちと交際していたのみならず、美術に関する記事も実際執筆していた (Arnavon 113-114)。新聞雑誌の世界に携わっていた際、新聞出版界のなかで重要な役割を担っていた挿絵画家たちと接触する機会が多かったようだが、ドライサーは、ジャーナリズムにおける挿絵画家たちこそアメリカ美術における新しいスタイルを担う勢力と考えていたようである (Arnavon 115)。一方、当時のアメリカ美術において伝統を担っていたのは、本作品においても度々触れられているが、ニューヨークのナショナル・アカデミー・オブ・デザインの画風であり、それは主に、肖像画や自然を描く風景画等であった。この様な「上品な伝統」に、アメリカの都市を題材とするジャーナリズム出身の画家たちは反発していた[2]。彼らはアッシュ・カン派 (the Ash-Can School) と呼ばれ、当時のアメリカ芸術界に新しいリアリズムの流れを作り上げたといわれるが、ユージーンはこのアッシュ・カン派の芸術家達をモデルとしていると考えられている[3]。一方で、ユージーンの作品の描写についてアルナフォンは次のように述べている。

大都会をさまよう寂しい見物人の陰鬱な瞑想は、一番初めに現れる、特徴的なドライサーらしいテーマである。それは、『シスター・キャリー』におけるシカゴや、『天才と呼ばれた男』におけるニューヨークのような大都会に直面した際「原子的な」個人の中にある完全なる孤独感を喚起させる。このような心情の描写はおそらくもっともドライサーらしい創造の一つであるといえるだろう。(Arnavon 117-118)

ユージーンの作品にはドライサーが当時の都市社会の中に発見したテーマが描かれており、それはドライサーの描く「都市」を象徴するものであるというのだ。[4] ユージーンはその様な作品を描くことで画家として認められている。つまり、都市社会に適応した芸術(殺伐とした都市描写)を取り入れることが、都市において生き抜いていく手段となっていたことがここには示されており、アメリカの芸術の在り方の変化を読み取ることが出来るのである。

また、十九世紀末に出現した新しい精神をもった芸術が「牧歌」的イメージと相容れない関係にあることは、ニューヨーク芸術界におけるアンジェラの扱われ方からもみることが出来る。先にも示したように、アンジェラと結婚する際、ユージーンの周りの芸術家の同僚たちは皆、彼の結婚を失敗だと感じ、性的問題に関する因習的な慣習に従うユージーンを「愚か」だと非難する。また、芸術界で活躍し、ユージーンにニューヨークの芸術界を教える役割をもつ女性芸術家ミリアムは、アンジェラの事を、「彼の妻は結局のところ全く重要ではなかった。ユージーンや自分が属しているような芸術的で崇高な世界の中では」（*TG* 140）と、自分達の属する社会には適さないとみなしている。この描写の直前には、ニューヨークの新居でアンジェラがユージーンのために、ホットビスケットや手作りバター、トマト入りオムレツやポテトのクリーム煮にコーヒー、という理想的な朝食を用意するという描写がみられ、そのような、「牧歌」的理想、因習的な女性像を象徴するアンジェラが、社会の「都市」化と共に出現した新しい精神を示すニューヨークの芸術界には適応できないものとして本作品の中で示されていることがわかる。アンジェラと共に「都市」での成功に適しないものとして示されていたはずの「芸術」は、一方でアメリカの文化の「都市」化を示す役割も果たしているのである。さらに、ユージーンが作品の結末で芸術家として再起する際、再びアッシュ・カン派を思わせる画風で芸術界に戻っていく様子からは、ドライサーが芸術における新しい精神の出現を認め、その重要性を認めていたことも読みとれる。[5] 芸術を介して都市的な価値観を認めながらも、女性を介して牧歌的イメージに理想を追い求めるユージーンの姿には、都市社会でみられたパストラリズムが、女性に対して抱く理想像として社会に存在していたことを表わしていると考えられるだろう。

都市社会の中で、女性の美に対する欲求と優雅な生活に対する欲求に翻弄されてきたユージーンの人生ではあったが、物語の結末で彼に残されたものは、「アンジェラ」二世と、「芸術」家としての職業、であった。これらは作品の初めにユージーンに与えられるものの、都市での成功には適さないとして一旦は排除されるものである。そのような二つの存在を作品の最後までつきまとわせ、結局はユージーンをそこに戻らせているという結末には、絆を断ち切ることが出来なかったキャリーとコロンビア・シティとの関係も思い起こさせ、失われつつあった牧歌への、ドライサー自身の、強い憧憬がみられる。しかしその一方で、芸術そのものの中にも、反因習的な新しい精神の出現がみられたことが物語の中には示されており、ユージーンは新しい芸術の風潮に適応することで芸術家として生計を立てることを可能にしている。冒頭にも述べたように、『天才と呼ばれた男』は、主人公が芸術家という設定からも、ドライサー自身の文化批評が含まれた作品として評価されることが多いが、画家としてのユージーンの生き方には「芸術」が「都市」化していくこと、新しい芸術の風潮に対するドライサーの賛同も示されていると考えられるだろう。都市がもたらす新しい風潮を「芸術」を介して認めつつも、牧歌的イメージに対するノスタルジアを「女性」を介して描いているのである。『天才と呼ばれた男』には、ドライサー自身が抱くアメリカン・パストラリズムが、新しい芸術に対する賛同と、理想の女性像への固執を通して示されていると考えられるのではないだろうか。

註

（1）スザンヌに立ち去られた直後、ユージーンは英国詩人ジョン・キーツ（1795–1821）の *The Day is Gone* の一節を思い浮かべている。自然の美を謳う詩人として知られるキーツの詩をここでもち出し、スザンヌとの日々を花の美しさに例え、それを失うことを嘆いているユージーンの態度には、失われていく牧歌に対する未練を読み取ることができる。

（2）ジャーナリズム出身の画家たちによる、「上品な伝統」に対する反発が表面化されたのが一九〇八年、ニューヨークで開催された「ジ・エイト展」を組織した前衛画家たちのグループの出現である。彼ら新聞出身の画家たちは、産業社会の都市に新しく出現した多くの生活情景を題材に取り上げ、都市社会の現実を描いたことからアッシュ・カン派（the Ash-Can School）と呼ばれた（"The Eight" Britannica Online, https://www.britannica.com/topic/The-Eight, 最終アクセス二〇二四年九月一五日）。

（3）ユージーンのモデルとなったのは、アッシュ・カン派の一人、エヴェレット・シン（Everett Shinn 1876–1953）であると一般的には解釈されている。それはドライサー自身も、また、シン自身も認めていることである（Kwiat）。また、ドライサーが挿絵画家たちと以前からの知り合いであったこと、ジ・エイトを創った一人であるロバート・ヘンライ（Robert Henri）については、一九〇八年より前から新しいアメリカ美術の中心人物として紹介する記事を書いていたことからも、ドライサーがアッシュ・カン派に興味をもち、ユージーンをアッシュ・カン派の画家として描いたことが窺われる。

（4）作中に出てくるユージーンの作品はシンの作品を思い浮かばせるものが多いと指摘されるが、ドライサーがユージーンを介して示すのが、一人の画家の人生ではなく、十九世紀末に劇的に出現した新しい美術全体に対する彼自身の賛同であることは注意しておきたい。

（5）例えば、ユージーンがナショナル・アカデミーの展示会に出展する際にもち込んだSix O'Clockという作品は、ジョン・スローン（John Sloan）の*Six O'Clock, Winter*という作品を意識したものであると考えられるだけでなく、ドライサー自身も同様の題材で"Six O'Clock, Winter."と題した文章を書いており、それは後に*The Color of the Great City*の一章となっている。それによると、ドライサーは、それまでの上品な上流階級の芸術に逆らい、アメリカ社会を忠実に伝えることを最優先した新しい芸術家達による改革に強く賛同していたことがわかる（Kwiat）。

第5章 『アメリカの悲劇』――「湖」が物語るアメリカの「パストラル」

一九二五年に出版され、ドライサーの代表作として知られている『アメリカの悲劇』(*An American Tragedy*) においても、男性主人公クライド・グリフィスは、資本家階級(都市の新興成金)の娘で、社交界の花形ソンドラ・フィンチェリーと、田舎の貧しい農家の娘で、工場に出稼ぎに来ている女工ロバータ・オルデンの間で揺れ、選択を迫られて葛藤している。しかし、「欲望三部作」、『天才と呼ばれた男』の主人公たちとは異なり、『アメリカの悲劇』の主人公クライドは、都市社会における成功者ではなく、貧しい伝道師の息子で、社会的弱者の立場から都市での成功を夢見る若者である。さらに、これまでの作品とは異なり、ドライサーは、迫られた選択によりもたらされたクライドの悲劇の舞台を都市ではなく、都市の郊外である地方社会の自然空間に設定している。

ドライサーは『アメリカの悲劇』に着手する以前から、若者が出世のために殺人を犯す事件に関心を示していた。彼自身によるエッセイの中には、資本主義社会には「殆どすべての若者が金銭的、社会的にひとかどの人物になりたいという事実」があり、また、若者による事件の犯人は「殺人さえ犯さなければ、資本主義社会による一般的な価値観に従った普通の生活を送っている」平凡な若者たちである、という記述がある（"I Find the Real American Tragedy" 291–297）。『アメリカの悲劇』は実際に起こったそうした平凡な若者による殺人事件がモデルとなっていることから、[1] ハッシュマンが述べているように、資本主義社会下で成功の夢を追う個人の苦悩を描いた、「社会」対「個人」の問題に着目した作品として読まれている（Hussuman 126–152）。例えば、ロバート・ペン・ウォレンも『アメリカの悲劇』では「自己」そのものが幻想であるという概念がみられ、そこにドライサーの唯物論的考えがみられる」（Warren 138）と指摘している。ウォルカットは、個人の弱さを描く本作品は「ドライサーの社会主義への傾倒を示すもの」であると述べ、『アメリカの悲劇』はドライサーの社会主義的見解を示すものでもあると指摘している[2]（Walcutt 206）。確かに『アメリカの悲劇』は、主人公クライドの悲劇からみられるアメリカの資本主義社会における「社会」対「個人」の問題と、「個人」の弱さを示した作品として読むことが出来る。しかし、当時の資本主義社会の中での「個人」の抱える問題を描くために、物語の舞台を都市ではなく、敢えて地方社会に設定したことについては、その意図をもう少し踏み込んで考える必要があるだろう。

物語に描かれるクライドの悲劇の舞台となっているのは、ニューヨーク州中西部にあるライカーガスという地方社会である。ライカーガスにたどり着く前にクライドは、より都市化の影響がみられるカンザスシティや大都市シカゴでも生活をしている。しかしドライサーは、クライドが世俗的成功を成就させようとして悲劇を起こす舞台に、そのような都市ではなくライカーガスという地方社会を選んでいる。それはドライサーが資本主義社会下での若者の殺人事件を調べる中で、「金銭的、社会的にひとかどの人物になりたい」という欲望から起こされる犯罪が都市だけではなく地方社会、しかも「湖」という、都市とはかけ離れた自然空間においても起こるようになったということに注目したからではないだろうか。

ドライサーの自然空間そのものへの関心について指摘されることは少ないが、アードハイムが、ドライサーによるエッセイ"The Tippecanoe"(1924)を取り上げ、ドライサーが川の水権問題に関心をもっていたことを指摘し、そこにみられるドライサーの環境保護への関心は、翌年に出版された『アメリカの悲劇』につながるものであると述べている(Erdheim 18)。そしてそこに示された、無限にあると思われていた自然が資本主義社会では選ばれた者しか手に入れることが出来ない「商品」となりつつある、というドライサーの懸念が、『アメリカの悲劇』においてもクライドの欲望と自然との関係を通して描かれていると指摘し、クライド個人の欲望と自然をリンクさせて本作品を環境の側面から読んでいる（Erdheim 18）。ドライサーが、これまでは憧憬の対象であった牧歌的な自然空間が、都市化社会の影響を受けて世俗化していくことに関心を示していたことが窺われる。「湖」という自然空間で起こった事件を作品のモデルとし、「資本主義社会のもたらす悲劇」を描くことで、都市化とともに変容する地方社会の実態を明らかにしようとしたのではないか。

しかし、自然空間を舞台にすることでドライサーが示そうとしたものは、地方社会の変化だけではない。資本家階級のソンドラと労働者階級のロバータの間で揺れるクライドの葛藤は、物語の中で、クライドの「湖」間の移動と連動して描かれている。クライドがロバータと出会うきっかけとなるのも「湖」であり、ソンドラとともに優雅な余暇を過ごす避暑地として憧れる場所も「湖」である。さらには、クライドがロバータを殺害する場所として選んだのも「湖」で、結局この事件によりクライドは、一度は近づいたかに見えた上流社会から完全に追い出された存在となるのである。このようにみると、「湖」は作品の中で、クライドに自分の置かれた「身分」を考えさせる場所となっているようである。ライカーガスという地方社会の、しかも「湖」という自然空間を使って、クライドを階級社会の犠牲者とすることで、地方社会に依然として残る保守的な価値観、すなわち「階層」を浮き彫りにしているのである。つまりドライサーは、『アメリカの悲劇』において自然空間を舞台とすることで、当時の地方社会に内包された二重の問題、自然空間の世俗化と、依然として残る階層社会という保守的な概念、を描こうとしたのではないだろうか。

本章では、敢えてクライドの女性関係にではなく、クライドの欲望と「湖」との関連性に焦点を当て、都市化する社会における自然空間の在り方をドライサーはどのようにみていたのか、考察していきたい。

1.「湖」が示す自然空間の価値変化

①ビッグ・ビターン湖が示す「牧歌」の世俗化 ―『ウォールデン』との比較

十九世紀から二十世紀にかけて大きく変化したものの一つに、人々の余暇の過ごし方が挙げられる。一八九九年にソールスタイン・ヴェブレンが早くも指摘しているように、十九世紀末には既に都市に物が流通するようになり、富や権力をもつ者はそれを「証拠」として示すことに夢中になっていた。つまり、余暇をいかに過ごすかが有閑階層の大きな問題となった（Veblen 1-51, 155-200）。また、都市化に伴い若年労働者の数も増え、彼らにも余暇が与えられるようになった。有閑階層が見せつける余暇の過ごし方は彼らにとって魅力的であり、特に独身の若者たちは少しでも彼らと同じような余暇を過ごそうと必死になる。(3) また、娯楽産業の発達は、娯楽の場所を自然空間にまで拡げた。当時多くの人を夢中にさせたアミューズメントパークは、「シカゴ万国博覧会」(1893) に伴いポール・ボイトンが開園した国内初の有料娯楽施設、Paul Boynton's Water Chute が発祥だといわれるが、自然空間の中に遊戯器具を取り入れ有料としたこの発想は、まさに自然の産業化を象徴している。(4)

都市化に伴う娯楽産業の発達は、自然空間にも都市化をもたらし、人間にとっての自然の価値を変えた。そのような変化は文学における自然描写の変化にも見られる。例えば、ヘンリー・デイビッド・ソロー (1817-1862) が『ウォールデン』(*Walden* 1854) の中で、湖を世俗社会から離れた神聖な場所として描き、自然空間を牧歌的に捉えているのに対し、二十世紀初頭に出版された『アメリカの悲劇』の中で、湖は神聖な場所としてではなく、若者の娯楽の場として示されており、また、世俗社会での成功を夢見るクライドの欲望と深く関連して描かれている。

湖が『アメリカの悲劇』の中で、自然空間のもつ価値の変化を示す役割を果たしていることをはっきりとさせるために、ビッグ・ビターン湖の描写に特に目を向ける必要がある。ビッグ・ビターン湖はクライドがロバータ殺害計画の実行場所として選んだ場所であり、クライドの目を通してその光景が最も詳細に描写されている湖である。チャールズ・L・キャンベルが自身の論文の中で、ドライサーはソローの森での生活に興味を示しており、『アメリカの悲劇』におけるドライサーの見解を理解するには、ソローの自然に対する見解を理解する必要がある、と述べているが（Campbell 252）、ドライサーが『ウォールデン』に示されたソローの考えに興味をもっていたことは、一九三九年にドライサー自身が監修をした図書、*The Living Thoughts of Thoreau* が出版されていることからも窺われる。(5) その序文の中でドライサーは、コンコードのウォールデン湖周辺で生活したソローの実験に言及し、ソローを超絶主義の楽観的見解を拡げた思想家として称えつつも、自然に対するそのような思想は現代では夢となっていると述べている（*Walden*, Introduction 1-27）。ドライサーがソローの思想に共感をもちつつ、ソローが『ウォールデン』で示した自然についての考えが、二十世紀の資本主義社会の中では当てはまらないことも認めていることがわかる。そしてそのようなドライサーの見解は、『アメリカの悲劇』において、特にビッグ・ビターン湖の描写にみることができる。ドライサーは、クライドの悲劇の舞台でもあるビッグ・ビターン湖を『ウォールデン』を思い出させるような描き方をすることで、十九世紀中頃における人々にとっての自然の価値と、二十世紀における人々にとっての自然の価値が異なるものであることを示し、そうすることで自然空間の世俗化を示しているのである。

　では具体的にビッグ・ビターン湖は、自然空間の価値の変化を示すのにどのように使われているか、『ウォールデン』における湖の描写と比較しながらみていきたい。(6)

　まずその背景であるが、ビッグ・ビターン湖、ウォールデン湖どちらも「一連の小さい湖（Chain

of small ponds)」(*Walden* 133, *American Tragedy* 458)[7]の一つであり、周りを丘、或いは「松林の壁(walls of pines)」に「囲まれた湖(walled-in lake)」または「森の中の湖(wood land lake)」(*W* 126, 131, *AT* 458)と、同じ表現を使い地理的にも似たものとして描かれている。[8]また、湖の描写についても幾つかの類似点がみられる。例えば湖面を、『ウォールデン』では「ガラスのような湖面、融解したガラスのような(the glassy surface of a lake …… like molten glass ……)」(*W* 128)と描いているが、『アメリカの悲劇』においても同様に「静かで、ガラスのようで、玉虫色の湖面、融解したガラスのような(The quiet, glassy, iridescent surface of the lake …… like molten glass ……)」(*AT* 485)という描写がみられ、どちらの作品においても湖は、molten glass、或いはcrystalsまたはmirror(*W* 136, *AT* 490)等、ガラスに関わるものに例えられている。この場合、ガラスは何かを映すものの比喩として捉える事ができるが、『ウォールデン』において湖が映しているものが「ウォールデンは完全なる森の鏡である(Walden is a perfect forest mirror.)」(*W* 129)とあるように、森であり自然の美しさであるのに対して、『アメリカの悲劇』では、「しかし、この鏡の中にうごめいているのは何なのか？ ……死だ！ 殺人だ！(But what was that moving about in this crystal? …… Death! Murder)」(*AT* 490)とあるように、自然ではなく世俗化されたクライドの欲望からもたらされる犯罪、そして死である。

また、湖と共に自然空間を示すものとして、どちらの描写にも「魚」や「鳥の鳴き声」（とりわけアビの鳴き声）等が描かれている。例えば、『ウォールデン』でも『アメリカの悲劇』でも、魚は釣りの対象として登場するが、『ウォールデン』の中で釣りは「翌日の夕食（next day dinner）」（W 120）のため、つまり生活に必要なものであり、魚は「神秘的（mysterious）」（W 120）で、「神により名付けられたもの（He [God] named it）」（W 134）と、神聖なものとして描かれているのに対し、『アメリカの悲劇』において魚は、「ハーレイ・バゴッドは父親のためにこの池で釣りができる可能性があるかどうかという点により興味があった。（[Harley Baggott] was interested to learn more about the fishing possibilities of this lake in behalf of his father.）」（*AT* 459）とあるように、娯楽としての釣りの対象にすぎない。鳥の鳴き声の描写についても同様である。ソローは『ウォールデン』の中で鳥を、「精霊（spirits）」を表すものとして描き、その鳴き声はソロー自身の精神的な再生を促すものとして描写しているが、一方『アメリカの悲劇』でドライサーは『ウォールデン』にみられるのと同種の鳥を描きながらも、その声をクライドの視点から「警告、抗議、罪の宣告（a warning, a protest, condemnation）」を思い浮かばせるものとして描写している。(9)『アメリカの悲劇』で鳥の鳴き声が示しているのは再生ではなく、これから殺人を企てようとするクライドの不安定な精神であり、死である。『ウォールデン』では、森の中にある自然の神秘性が人間に対して示されているのに対し、『アメリカの悲劇』では、自然が世俗社会に生きる人間の欲望と関連付けられて描かれているのである。

さらに、ソロー或いはクライド各々の、ウォールデン湖、ビッグ・ビターン湖の捉え方であるが、ソローが「最も美しく表情豊かなもの（A lake is the landscape's most beautiful and expressive feature.）」（W 128）とウォールデン湖に最大の興味を示していると同様、クライドも「他のいかなる地理よりも関心を捉えて離さないものだった（the nature of the lake country around Big-Bittern had been interesting him more than any other geography of the world.）」（AT 475）とビッグ・ビターン湖に最大の関心を示している。しかし、ソローが湖へ向かう理由を「人生の本質に向かい合うため（I wished to live deliberately, to front only the essential facts of life.）」（W 66）と述べているのに対し、クライドがビッグ・ビターン湖に向かう理由は、自分の出世の邪魔となるロバータの殺害のためである。ここでも『ウォールデン』では、人間が自然を神聖なものとして捉えていることが示され、世俗社会から離れた自然空間の神秘性が描かれているのに対し、『アメリカの悲劇』では、自然が都市化する社会で生きている人間の欲望を満たす場所の一つとして捉えられていることが示され、自然と世俗社会が関連付けられて描かれている。

このようにみてみると、『アメリカの悲劇』におけるビッグ・ビターン湖の描写は『ウォールデン』における湖の描写を思い出させるものである一方で、人間にとっての自然の価値の変化を示すものとしても重要な役割を果たしていることがわかる。

『ウォールデン』の“The Ponds”（119-137）の最後で、ソローは自然について「商業的価値をもつには自然はあまりにも純粋である」（W 137）と述べているが、『ウォールデン』の中でそのような自然を象徴する湖をドライサーは自分の作品の中に取り入れ、類似的な表現で描写しながらも、有料娯楽施設を併設し、人々がお金を払って楽しむ場所として描き、都市化を象徴するクライドの欲望と深く関連付けて描いている。『ウォールデン』に描かれた湖と、『アメリカの悲劇』で重要な舞台となるビッグ・ビターン湖の描写を比べ、その類似性、相違性をみると、ドライサーが意識的に湖を使い、人間にとっての自然の価値変化と自然空間の世俗化を描いたことがわかるだろう。

② 娯楽の場としての湖

湖によって示された自然空間の世俗化は、作品中の湖と登場人物との関係、地方社会の中での湖の捉えられ方をみても明らかである。『アメリカの悲劇』の中で湖は、若者たちの娯楽の場、特に都市化に伴い増加した労働階級の若者たち、あるいは新興階層の若者たちにとっての娯楽の場として描かれている。

本文中に、グリフィス家が余暇を、他社交界の重鎮たちと同様に、グリーンウッド湖で過ごすという記述があることから、余暇を湖で過ごすことがライカーガスの有閑階層の娯楽となっていたことがわかる（AT 235）。夏の休暇中、避暑のため別荘に滞在しているソンドラが、別荘のあるトウェルフス湖のパインポイント岬からクライドに宛てた手紙には、次のようなことが書かれている。

ここはとっても素晴らしいの。すでにもうたくさんの人が来ているし、これから毎日やって来るわ。パインポイントにあるカジノやゴルフ場も開いていて、あたりは人がたくさんいるわ。グレイス湾のほうへ行くスチュワートやグランドのランチの音もちょうど聞こえる。あなたも早くここへ来るべきよ。言葉にできないくらい素晴らしいんだから。馬で走り抜ける緑の道、水泳、毎日午後四時にはカジノでダンスをするの。[10]（AT 433）

湖を拠点に上流階級の若者たちがダンスや水泳といった娯楽を楽しんでいることが窺われる。さらに作品の中には、ソンドラを始めとする上流階層出身の若者たちが、余暇を過ごすために、湖のある避暑地に旅行へ行き、娯楽や恋愛などを楽しむという記述もみられる（AT 538）。しかし、ソンドラの手紙で挙げられている若者たちの面々は、ライカーガスの中でも、産業化に伴い都市からやってきて、地方都市の財政面を構成してはいるが、社交界では成り上がり者とみなされる家の子供たちである（AT 148）。余暇を湖で過ごすことが地方の有閑階層の娯楽となっていたと同時に、そのような湖での娯楽を特に積極的に楽しんでいたのが、都市化とともに地方にみられるようになった新興階層（the fast set）（AT 149）の人々であることが読み取れる。また、湖は単なる娯楽の場としてだけではなく、社交界に属する人々、特に新興階層にとってその地位を示すものとしての役割も果たしている。それはライカーガスの社交界で最上層部を構成している、古い、保守的な家族の代表であるグリフィス家の娘、ベラが、新興階層の代表であるフィンチリー家について話している場面にみられる。

「この夏フィンチリー家はグリーンウッド湖の別荘を手放してパインポイントの近くのトウェルフス湖へ行くんですって。そこに新しい別荘を建てるらしいわ。ソンドラがいうには、新しい別荘は湖のすぐほとりに作るんですって。ここみたいに離れたところではなく。そして、とても大きい丈夫な木でできたベランダを作るみたい。フィンチリーさんがこの夏買う予定の三十フィートのモーターボートをしまうのに十分な大きさのボートハウスも作るのよ。……今は力のある家は殆どみんなここではなくあちらに移ることにしているみたいだわ」（AT 148）

［グリフィス氏は］娘がグリーンウッドよりも社交上評判が良いといわれているトウェルフス

湖に移りたいといったことにはそれほど関心を示さなかった。それよりも、フィンチリー家が社交場望ましいという理由だけでそのように突然、金のかかる決断をしたということに興味をひかれた。(AT 155)

産業化とともに現れた「新興階層」の人々が「社交上望ましい」という理由からトウェルフス湖に別荘を作るという描写からは、湖が、都市での成功を示すものの一つとしても利用されるようになったことが窺われる。[11] 世俗社会とは離れた神聖な空間としてとらえられていた湖が、都市の発展に伴い、今まで利用されることのなかった立場の人々、新興階層の人々に、富の象徴として利用されるようになったことがここに示唆されているといえるだろう。

余暇を湖で過ごすようになったのは有閑階層のみではない。地方に働きに出てきている労働者階層の若者たちも、週末を湖周辺に設けられた娯楽施設で過ごすようになった。次に挙げるのは、週末をクラム湖で過ごすクライドの描写である。

ごく最近では土曜日の午後や日曜日になると、グロヴァーズヴィル、フォンダ、アムスターダムその他へ、また、貸しボート、水泳場、更衣室があって貸し水着まであるグレイ湖やクラム湖へ出かけた。もしもグリフィス家に仲間入りするような時代になったときのことを考えて可能な限りの社交術を身に付けておきたかった。

……

　すると、北のもっと有名な避暑地にしばしば出かける金持ちのグループに入ったらどんなだろうという白昼夢に夢中になった。―ラケット湖、スクルーン湖、レイク・ジョージやチャンプレイン湖、そういう場所へ出かける余裕のある人たちと一緒にやるダンス、ゴルフ、テニス、カヌー遊び。(AT 255)

これは、クライドがソンドラと親しくなる前の場面であるが、ここで湖は、クライドに週末を過ごす娯楽の場を与えていると同時に、もっと良い湖、上流階層の集まる娯楽地であるトウェルフス湖やラケット湖へ出かけることのできる人々の仲間に入ることへの欲望を刺激してもいる。湖がクライドの欲望を刺激する働きをしていることは、作品の他の場面でも度々みられる。例えば、先に挙げたソンドラからの手紙は、消印がトウェルフス湖であり、クライドにトウェルフス湖での生活を思い描かせている。手紙を受け取ったクライドは、「ソンドラ！　そして彼女が書いてきた、トウェルフス湖の西側にある素晴らしい場所」(AT 438) と、ソンドラとトウェルフス湖を結びつけて考え、ロバータの妊娠という苦境に立たされながらもソンドラの所（ここではそれがトウェルフス湖と同格になっている）へ行くことを望んでいる。

しかし一方で、その前のクラム湖の場面では、孤独心からガールフレンドをもつことを望み、今、自分がいる湖に来る可能性のある身分のロバータとともにカヌーに乗り、娯楽を楽しむことを妄想してもいる。

——もし［ロバータと］結婚を前提条件としないで遊ぶことが出来たらどんなに幸福だろう。……土曜日か日曜日、ここへ、この湖［クラム湖］へ連れ出して、ボートを漕ぐことが出来たら——（AT 258）

この直後、実際にクライドはクラム湖に遊びに来ていたロバータと偶然出会い、彼女の心を掴むことになる。ここでは、孤独を満たしてくれるガールフレンドを手に入れたいというクライドの欲望を満たすきっかけが湖によって与えられており、一時的ではあるが、クライドを「人生は彼にすべてを与えてくれた」（AT 275）のような気分にさせている。

このように、クライドは湖を通して娯楽を楽しんだり、欲望を掻き立てられたり、また、欲望を満たしたりしている。湖を介してみられるクライドのこの様な言動は、作品の前半ではカンザスシティを舞台にホテルやレストラン、あるいは売春宿を通してみることができる言動である。資本主義下の都市社会にみられるようになった若者の欲望や葛藤が、地方社会の、湖というかつては神聖なものとして捉えられてきた場所を舞台にも描かれているのである。

かつては「牧歌」的なものとして認識されていた「湖」を使い、その存在認識の変化を描くことで、ドライサーは、都市の人々にとっての「ノスタルジアの対象としての自然」が、ますます幻想化してきたことを示そうとしたのかもしれない。

2.「湖」が示すもう一つの現実――地方にみられた階層社会

『アメリカの悲劇』において「湖」が示すものは「牧歌」の世俗化だけではない。世俗化に伴い地方社会においてより一層顕著にみられるようになった階層社会もまた「湖」を介して示されている。例えば、先に挙げた、クライドがトウェルフス湖で余暇を過ごす人々の仲間に入ることを望みながらクラム湖でカヌーを漕いでいる場面からは、娯楽を過ごす場所としての湖の違いが身分の違いを示している。湖が世俗化し人間の娯楽と関わるようになったことで（自然と世俗社会との境界を壊したことで）、都市化とともに顕著になった階層の概念（地方社会での社会階層の境界）を際立たせているのである。

「湖」がクライドに突きつける階層の概念は、事件後のクライドと湖の関連性の描写により明確にみられる。ドライサーの作品の中には、しばしば変化を象徴するものとして「川」が用いられているが、[12]『アメリカの悲劇』においても、第一部でカンザスシティにいるクライドが、友人と初めて車で遠出をする際、川に沿った道に倣い走っている車の中で「今までいた所から遠い旅に出ている」（AT 124）という感覚に浸っているという記述がある。ここで川は、流動的なイメージをもってクライドの移動への欲望、上昇志向を示していると考えられる。しかし、流動的なイメージをもつ川とは異なり、湖はその場所に変わることなく存在し、固定的なイメージをもつ。ドライサーはそのような湖を悲劇の舞台とし、クライドに地方の階層社会をみせ、結局は彼を上流階層には入っていけない「アウトサイダー」として終わらせている。つまりドライサーは、事件をビッグ・ビターン湖で起こさせることで湖の固定的なイメージを利用し、変わることはない階層社会という現実も描いているのである。

ビッグ・ビターン湖でロバータを殺害した後、クライドは遂に夢見ていたトウェルフス湖へ向かい、ソンドラをはじめとする上流階層の若者たちと休暇を過ごす機会を得る。しかし、トウェルフス湖にいるにもかかわらず、クライドの頭の中はビッグ・ビターン湖の風景に支配されている。事件後クライドは、事件の詳細が記載されるだろう新聞の発行が気になるあまり休暇を楽しむことが出来ない。

　そして昼食後には水泳やダンスがあり、その後は、ハーリー・バゴットやバーティンと一緒にクランストン家の別荘へ戻ったが……それでも彼［クライド］の心は、機会があり次第新聞を手に入れることばかり気にかけていた。（AT 538）

そして、ソンドラがビッグ・ビターン湖での出来事についての情報を仕入れ、仲間に話しているのを耳にするとクライドは、「体を起こしてこわばらせ青ざめて、唇は血の気の無い一本の線になり、その場にあるものは目に入らず、むしろ遠くのビッグ・ビターンの風景を見つめている」（AT 538）様子をみせる。つまりクライドは、ずっと手に入れたいと思っていたトウェルフス湖での休暇を手に入れたにもかかわらず、他の若者と共にその場を楽しむことが出来ないまま、心の中は事件を起こしてしまった場所であるビッグ・ビターン湖に支配されてしまっているのである。トウェルフス湖は、ソンドラ達のような上流社会の人々の娯楽場所になり得るが、クライドにとっては入ることのできない場所として示されていることがみてとれる。クライドの移動への憧れ、上昇志向は、ビッグ・ビターン湖に縛られることで否定されている、ともいえるだろう。ビッグ・ビターン湖による上流階層への参加の妨げは、クライドがついに警官に捕まり、尋問を受けている場面でも示されている。ここでクライドは尋問を受けつつも、ロバータやビッグ・ビターン湖との関係を認めることは破滅につながると考え、頑なに自白を拒んでいる（AT 562）。また、自白をしないのならトウェルフス湖にいる仲間達に事情を聞くというメイソン検事の脅しに対しても拒否を示す。そのような態度に対し検事は、「トウェルフス湖の紳士淑女の前に姿を表す勇気もないのに、自分の下で働いていた貧しい女工を知っているのを認める気にはなれないというのか」と、彼を非難する（AT 563）。ここでの検事とのやり取りにおいても、湖がそこで過ごす人々の代名詞として用いられ、さらには、身分の違いを示すものとして用いられていることがわかる。ビッグ・ビターン湖が貧しい女工、ロバータと結び付けられ破滅を示す一方で、トウェルフス湖はソンドラを含む紳士淑女と結び付けられており、事件を起こした場であるビッグ・ビターン湖の存在が、紳士淑女の中に入っていけないクライドの現実をより際立たせているのだ。

さらに、クライドのこの事件は「湖の悲劇」（AT 630）として新聞に掲載され人々の関心を煽る。そして法廷での証人喚問の場面では、ライカーガスの上流階層の人々は、「ライカーガス、もしくはトウェルフス湖の人々」（AT 635, 638）と表現され、クライドやその他の人々と区別されている。法廷では、彼らの誰一人としてクライドに近寄ろうとしない。親しくなったかのようにみえたライカーガスの上流社会からクライドは見放されるような形となり、結局死刑に処される。ここでも湖は、人間の欲望により起こされた悲劇を示す言葉として新聞に使われ、人々の身分を示す記号として、地方社会にみられた階層の概念を物語っているのである。

クライドがビッグ・ビターン湖で起きた悲劇に縛られている一方で、グリフィス家、或いはフィンチリー家の事件後については次のような記述がある。

そこでフィンチリー家では、十分に考えたのち、説明も弁解もせずに、フィンチリー夫人とスチュワートとソンドラとは、すぐにメイン州の海岸かどこか気に入った場所に行くことに決めた。フィンチリー自身は、ライカーガスかオールバニーに帰るつもりだと言った。……クランストンのほうも、気に入るとまではいかなくてもまずまずの避暑地があったので、サウザンド諸島の一つにすぐに移った。しかし、バゴット家やハリエット家のほうは、苦にしなければならないという罪はないという理由から、トウェルフス湖の今まで通りの場所を離れなかった。（AT 582）

上流階層の人々は、トウェルフス湖を去らなくてはならないとしても、その逃げ場として他の湖（避暑地）があること、あるいは、トウェルフス湖に留まることも可能であることがわかる。移動の可能性を奪われ、ビッグ・ビターン湖から抜け出すことが出来ないまま人生を終わらせることになったロバータ、クライドとは異なり、ソンドラを含めた上流階層の者たちは、湖に縛られることも、また湖により社会から追い出されることもないのである。「湖」が地方社会の変容を表す一方で、変化し得ない階層社会の概念、そしてそれに翻弄される「普通の若者たち」の運命もまた表していると考えられるだろう。

元来、アメリカ文学において「牧歌」のイメージを示すものとして用いられることの多かった「湖」を、登場人物の欲望と葛藤、そして、社会によりもたらされた悲劇と関連付けて描くことで、ドライサーは、『アメリカの悲劇』の中で、憧憬の対象であるはずの自然空間の変化と、変わり得ないアメリカ社会の実態を示したのである。ライカーガスといった地方社会を舞台に「湖」を世俗社会と関連付けて示し、さらには固定的なイメージをもつ「湖」を舞台に、上昇志向をもった若者たちの悲劇的な終末をみせることで、『アメリカの悲劇』は、都市のみでなく地方社会にもみられるようになった都市化の影響と、変えることのできない階層社会という保守的概念がもたらす問題を物語っているのだ。都市社会の人々が自然空間に対して抱いていたノスタルジアは、実際のところ都合の良い幻想だった、ということをドライサーが示そうとしたことが、本作品にはみられるのではないだろうか。

註

（1）*A Theodore Dreiser Encyclopedia* の本書についての項目に記述があるように、『アメリカの悲劇』の直接のモデルとなったのは一九〇六年に実際起こった、社会での成功の妨げになるとして妊娠した恋人をビッグ・ムース湖に誘い出し殺したジレット・ブラウン事件である。ジレットは大学で教育を受け、ハワイ旅行の経験もあるなど世間的知識の豊富な若者であったが、ドライサーはクライドをそうした余裕や経験もなく、ただひたすら世俗的成功を追う若者として描いている。資本主義社会に翻弄される「世間一般にみられる」若者像をより強調しようとしたと考えられるだろう（Newlin）。

（2）前者については大浦暁生も、「社会小説としての『アメリカの悲劇』」の中でドライサーがクライドを通して暴いたアメリカ社会の問題は「成功の夢をすべての若者に掻き立てておきながら現実にはよほどの幸運か特別の才能に恵まれなければ夢を実現できない矛盾」であると述べている（大浦 77）。他レーン（Lane）、エリアス（Elias）の論も参照。また、社会主義的見解を指摘するものという指摘は、リアーズ（Lears）、マイケルズ（Michaels）の論も参照。

（3）この件に関してはチュダコフも指摘している。彼は、労働者階層の若者の娯楽が特に顕著になったのは一九二〇年代であると述べ、特に独身者による需要が娯楽産業において大きくなったことを指摘している（Chudacoff 45–75, 185–217）。

（4）自然の中にメカニックなものを入れ娯楽施設としたこの発想はシカゴで大成功して、ボイトンはその後一八九五年に、ニューヨークの Coney Island に第二弾を開園（Sea Lion Park）させ、アミューズメントパークはアメリカ全土に拡がっていった。また、ボイトンは国内初の公共水泳場もオープンさせ、それにより娯楽としてのウォータースポーツが広がったという（"The Early History of Theme Parks in America" *Yesterday's America* web site, https://yesterdaysamerica.com/the-early-history-of-theme-parks-in-america/ 最終アクセス二〇二四年九月十六日、および Coney Island History Site, https://www.westland.net/coneyisland/index.html 最終アクセス二〇二四年九月十六日）。

（5）ロジャー・アスリノはこの作品のほかにドライサーが *The Living Thoughts of Emerson* の序文も執筆したことを取り上げ、ドライサーが超絶主義に強く関心を示していることを指摘している（Asselineau 99）。この点に関してはハクタニも論じている（Hakutani, *Theodore Dreiser, Art, Music, and Literature*, 1897–1902. xxvi）。

（6）ビッグ・ビターン湖とウォールデン湖の描写の類似については、キャンベル（Campbell）も指摘しているが、キャンベルはその類似性からドライサーの超絶主義的考えを指摘するに留まっている。本章では、類似性のみでなく描写の相違点にも着目し、自然空間の価値の変化を検証した。

（7）以降 *Walden* を *W*, *An American Tragedy* を *AT* と略記する。

（8）ビッグ・ビターン湖の実際のモデルとなったのは、前述したクライドの悲劇のもととなった、ジレット・ブラウン事件の舞台ビッグ・ムース湖（Big Moose）である。

（9）『ウォールデン』の中で、ソローの精神の再生を促すものとして登場する鳥は loon（アビ）である。『アメリカの悲劇』で登場しクライドを不安がらせている鳥は Wier-wier という名である。*The Encyclopedia of Birds*（Oxford UP）にはこのような名称の鳥は記載されていない。しかし、描写の類似性からここでは同種の鳥であると考える。

（10）本章において日本語訳は、集英社版、大浦暁生訳（一九七八）を参考にした。

（11）トウェルフス湖は架空の湖であるが、トウェルフス湖と同じ扱いをされている他の湖、Raquatte Lake や Champlain Lake および Lake George は実在する湖である。いずれもニューヨーク州北部の Adirondack Park に属している。本文中で上記の湖と同じ地域にある Big Bittern 湖が Adirondack にあることが示されていることから（*AT* 543）、これらの湖をモデルとして描かれていると考えられる。これらの湖は、実際に二十世紀初頭のアメリカ社会において、有識者、上流階層の避暑地として人気のあった場所であった（Adirondack Park Agency web site, http://www.apa.state.ny.us. 最終アクセス二〇一一年四月十五日）。

（12）例えば、『アメリカの悲劇』の中でも他に、モホーク川の描写を通し、川の流動性に留まる事の知らない女工たちの欲望を象徴させている（*AT* 237）。また『シスター・キャリー』の中では、大都市ニューヨークを川から水が流れ込む大海（ocean, sea）に例え、その不安定さを示している（*SC* 214）。

第6章 『禁欲の人』――ベレニスに描かれた理想女性像

一九三八年ドライサーは、その前年の夏にアメリカ西海岸へ転居した彼の二人目の妻、ヘレンの後を追いロサンゼルスに居を移した。この引越しには、晩年をヘレンと共に暮らすという理由の他に、ニューヨークの喧騒から逃れ、未完の長編二作品、『とりで』（*The Bulwark*）と『禁欲の人』（*The Stoic*）を完成させるという目的もあった。一九四四年五月、アメリカ芸術院による芸術院賞授賞式に出席するためニューヨークを訪れた際には、かつての秘書であり愛人であるマーガレット・チェイダーと面会し、未完作品完成を手伝うためにロサンゼルスの自分のもとへ来るよう説得している。この時、久しぶりに会ったドライサーについてチェイダーは、後に手記の中で「二つの変化に気が付いた。一つは、彼がずいぶん痩せたということ、もう一つは彼が神を信じるようになっていたということだ」と述べ、その時の会話の中でドライサーが「創造主の力（A Creative Force)」を信じていると言ったことに言及し、次のように記している。[1]

正確な言葉は思い出せないけれど、彼が言ったのは、多くの異なる形で、もちろん神は常に彼の前に存在していた、ということだ。でも彼は、神を、目に見えない、推動的で、無慈悲な意思としてとらえていた。そして科学的な研究を経て、彼は、愛情や、慈悲がすべての創造物に宿っていることをみるようになった。そして、彼はそれを「繊細な花々」と呼び、彼の宇宙に対する考えを変えた、と言うのだ。(*Theodore Dreiser Recalled* 121-122)

チェイダーはこの時の会話を、ドライサーがニューヨークに滞在していた三週間の中で最も興味深いものであったと振り返り、「その後『とりで』の中に表される、ドライサーの新しい人生観につながることが多く語られていたのでここに記録した」としている(*TDR* 122)。この記述からも窺われるように、晩年のドライサーには、特に信仰について、それまでとは異なった見解がみられたようである。そしてチェイダーも言うように、晩年に執筆された長編二作品にその変化は顕著であるとされ、『とりで』、『禁欲の人』にみられるドライサーの神秘主義や感傷的な態度がこれまで広く議論されてきた。[2][3]

ドライサーの最晩年の作品である『禁欲の人』は、十九世紀後半のアメリカ社会を背景に、当時悪徳資本家として名を馳せていたチャールズ・ヤーキーズをモデルとした主人公、フランク・クーパーウッドの成功と失敗の変遷を彼の恋愛情事と並行させながら描いた作品で、「欲望三部作」の第三部にあたる。ドライサーが本作品の着想を得たのは、第二部『巨人』の発表直後であったが、その後一旦中断し、一九三二年に五十五章まで書くも再び中断、一九四五年七月、死の直前になって、主に後半部分を加筆修正し、ドライサーの死後、妻ヘレンの手により漸く出版の運びとなったと言われている。(4)『禁欲の人』では、シカゴで鉄道事業運用権延長の認可取得に敗れたクーパーウッドが、イギリスはロンドンに拠点を移し、地下鉄事業の展開を実現させるために資金調達に邁進する様子、その成功が目前となった矢先に不治の病といわれるブライト病と診断され夢半ばにしてこの世を去る様子、そして彼の死後に起こった出来事が描かれており、それと並行して、クーパーウッドの女性関係、頑なに離婚を拒み続けている第二夫人アイリーンと、最愛で最後の愛人ベレニスとの三角関係が描かれている。一九三二年までに書かれたものと最終的に出版されたものとの最大の違いは、ハッシュマンが説明するように、一九四五年に加筆された作品の結末部、クーパーウッドの死後、ベレニスがヨーガ哲学の帰依者となっていく描写にみられる。(5)元々この三部作は実在した人物をモデルにした作品で、執筆にあたりドライサーは綿密に調査を行い、出来るだけ事実に近いストーリーを描くことを心掛けたようである。『禁欲の人』の後半部で重要な役割をもつ、クーパーウッドの最愛の愛人ベレニスも、エミリエ・

グリスビーという名前で知られていたヤーキーズの最後の愛人であった女性がモデルとなっていると言われている（Gerber 217-218）。ドライサーがベレニスを描くにあたっても綿密な調査を行い、自身で集めた情報をかなり忠実に反映させたと考えられるが、ゲーバーが指摘するように、一九四〇年代にドライサーが加筆修正した『禁欲の人』の結末部分のベレニスの描写には、作者による創作部分が多くみられる。

クーパーウッドの死後、読書に時間を費やしていたベレニスは、何気なく本棚から手に取った、『バガヴァッド・ギータ』（*Bhagavad Gita*）というヒンデュー教の聖典とされる本の中にあった言葉に感銘を受け、インドに渡りヨーガ哲学の思想に傾倒し、帰国後、クーパーウッドの資産を元手にして彼の夢であったチャリティー・ホスピタルの建設を成し遂げる。ゲーバーの指摘によれば、ベレニスのインド行きは、エミリエのインド行きがモデルとなっているようではあるが、ベレニスが家を売る前にインドに渡ったのに対し、エミリエは家を売ったその金でインドに渡っており、また、帰国後のベレニスが行った慈善事業や病院の建設、孤児の養育というエピソードは、ドライサーが一九四五年版で創作し追加したものだという（Gerber 228-229）。そして、この創作された結末部が原因で、本作品は、同じく晩年に出版された『とりで』と同様、自然主義作家ドライサーらしからぬ、神秘主義的で感傷的な作品であると評価されることが多い。(6) ドナルド・パイザーは、ドライサーにより創作された結末部のベレニスは、『シスター・キャリー』のキャリーのような、富と成功を追い求める「新しい女性」でありながら、環境に流され目的を見出せない女性像とは全く異なったイメージをもって描かれている、と指摘し、本作品がこれまでのドライサー作品とは異なったものであると述べている[7]（Pizer 345–346）。確かに、本作品の結末部には、長年、宗教や信仰といったものに対して比較的否定的な態度を表し、人生における目的論に疑問を投げかけてきたドライサーの印象とは異なる、神秘主義を積極的に描き、目的論に肯定的な態度がみられる。

しかし、『禁欲の人』における東洋哲学に関する記述をよく見ると、ドライサーが当時真剣に東洋思想の知識を取り入れようとしていたとは考えられない。ムケルジーはこの点について、ドライサーが物語の結末でベレニスに、生前のクーパーウッドの（特に女性の）美に対する異様なまでの探求心について、「たゆまず探求したことは、全ての形状の陰にある神の意図──透けて見えるブラフマーの顔──を探求していたに過ぎない[8]」（TS 327）と結論付けさせていることを取り上げ、「これほど『ギータ』のメッセージとかけ離れた解釈はない」と述べ、ドライサーがヒンデュー教の思想を正しく理解していないことを指摘している（Mookerjee 277）。当時のドライサーは、既にかなり弱っており、ヘレンの力を借りなければ作品を完成させることはできない状態にいた。そのヘレンは当時、東洋哲学に興味をもっており、インドへ渡りヨーガ哲学の知識を深めることも考えていたようである。そのような状態を鑑みると、創作された作品の結末部における東洋思想への言及には、当時のヘレンの影響が大きいと考えられる。実際、チェイダーの手記には、ロバート・エリアスがドライサー夫妻を訪ねハリウッドに来た際、ヘレンがエリアスに向かい、ドライサーが『禁欲の人』の結末に主人公の若き愛人を介し東洋哲学の思想を導入するつもりでいることを嬉々として話していた、ということが記されている（Tjader 230）。その中でチェイダーは、東洋思想の作品への導入は、ドライサーの女性癖に悩まされ自暴自棄になりかけたヘレンにとっては意味のあることだったに違いない、と言いつつも、(9) 後にチェイダーが『禁欲の人』における東洋哲学の思想について質問をした際、ドライサーがその話題を避けたがっていたため話すことが出来なかったことも記している（Tjader 231）。東洋思想の導入がドライサーの真剣な信仰心によるものだとは限らないことが推測されると同時に、一九四〇年代になって加筆修正された作品の結末部には、ドライサーの背後にいた女性たちも影響を与えていたことが窺われる。

「欲望三部作」には、都市で成功する男性主人公クーパーウッドの人生が、彼の女性関係の遍歴、特にリリアン、アイリーン、ベレニスといった三人の女性との関係と並行して描かれており、それはすでに第3章で述べたとおりである。確かに三部作最後の『禁欲の人』には、前二作には見られなかったドライサーの神秘主義が見え隠れはするが、その『禁欲の人』を特徴づける要素の一つである東洋思想の考えは、ベレニスという若くて美しい愛人を介して示されているし、物語の結末部では、アイリーンとベレニスという、驚くほど対照的に描かれた二人の女性が主人公クーパーウッドを上回るほど多く登場している。また、チェイダーの手記から推測するまでもなく、ドライサーが生涯を通し非常に多くの女性と関係をもっていたことは有名な話である。[10] 前置きが長くなったが、『禁欲の人』がドライサーの晩年に出された作品であるということ、晩年になってドライサーが加筆修正した物語の結末に描かれた東洋思想には、ドライサーの二人目の妻となるヘレンの影響が少なからずみてとれるということ、を考えると、『シスター・キャリー』以来ドライサーが繰り返し描いてきた女性に対する理想像が、ここにおいてより一層明確に示されていると考えることが出来るだろう。

1. ドライサーの女性描写

ここで改めて、ドライサーが生涯作品の中で描いてきた女性像について考察しておきたい。十九歳までの人生経験を記した自伝『あけぼの』(*Dawn*) の中で、ドライサーは少年時代の読書経験について次のように記している。

信じないかもしれないが、同時に私は、毎週家のフェンス越しに投げ入れられる『ファミリー・ストーリー・ペーパー』や『ファイアーサイド・コンパニオン』、そして『ニューヨーク・ウィークリー』に掲載されていた当時流行していた連載もののロマンスを、楽しみに読んでいた。自宅の芝生の上に投げられたそれらをみつけると、それを拾い、読者に「次はどうなるんだろう」と気をもませるようなドラマティックな内容を読まずにはいられなかったものだ。(*Dawn* 117)

ここで挙げられている『ファミリー・ストーリー・ペーパー』等の雑誌は、十九世紀末アメリカで主にワーキングガールに愛読されていた大衆恋愛小説、つまりメロドラマ的ロマンスを連載し好評を得ていた雑誌である。後に自然主義作家として知られるようになるドライサー少年も、多分に漏れず、雑誌に連載された恋愛小説を毎週楽しみにしていたというのだ。山口ヨシ子はこの事実に着目し、著書の中で、ドライサーの描くヒロインと大衆恋愛小説のヒロインの関係性について論じている。その中で山口はまず、ドライサーが当時活躍していた大衆恋愛小説家、ローラ・ジーン・リビーやバーサ・M・クレイを高く評価、意識していたことを指摘し、『シスター・キャリー』は「言うなれば、リビーなどによるロマンスの基本プロットをなぞりつつ、それらを写実的に描き直し、批判的に語り直した作品である」と述べている（山口 131）。その根拠としては、「地方出身の貧しく美しい娘の都会での求職活動と男性の誘惑、階級をこえた恋愛、偽装結婚、衣服への関心とその詳細な描写、運命の逆転や幸せの探求などを描いている点」を挙げている（山口 131）。そして、「少年期よりリビーらによるロマンスの熱心な愛読者であったドライサーが、青年期に至ってリアリズム文学に目覚めたことによって、その第一作である『シスター・キャリー』はロマンスのパロディとしての特徴を備えた、アメリカ自然主義文学を代表する作品となった」と指摘している（山口 136）。著書の中で山口は、十九世紀末の大衆恋愛小説におけるヒロイン像の特徴を「十六、十七歳のまだ幼い感じを残し、その「小ささ」や「無垢さ」が強調されている。本来は上流階級の出身であるが、様々な事情によって、一人で働いて生きていかなければならない状況にある。そして何より美しいということは彼女の人生を決定づけていて、彼女は、その美しさによって、上流階級の男性の愛を獲得している。ヒロインが成功に向けて積極的に努力する姿は見られず、つねに受け身であるが最終的には、「幸せな結末」にたどり着いている」と説明し（山口 141）、これらの特徴は基本的には『シスター・キャリー』のヒロイン、キャリーに通じると述べている。(11)

では、ドライサーの作品が大衆恋愛小説とは異なり、自然主義文学としてみなされる理由はどこにあるのか。それについて山口は、『シスター・キャリー』にみられる、非大衆恋愛小説としての特徴として、舞台背景となる都市が「膨張する資本主義国家の縮図」として描かれている点、大衆恋愛小説のヒロインは最終的には男性と結婚し「幸せな結末」を迎えるが、キャリーは結局結婚せず自ら稼ぐ成功者になっている点、大衆恋愛小説では「金よりも愛」に重きを置き「真実の愛」を描いているが、『シスター・キャリー』にはそれらは存在せず金銭でつながった関係が描かれている点、等を挙げ、次のように述べている。

『シスター・キャリー』が自然主義文学の特徴を示すのは、一つに、ヒロインの受け身の姿勢に「適者生存」の意味合いが付与されているところにある。キャリーはリビーのヒロインのように、自ら行動しない、受け身のヒロインとして描かれているが、その受け身の姿勢には、環境にもっとも適応したものが生き残るという、イギリスの哲学者ハーバート・スペンサーが唱えた考えが導入されている。キャリーの男性との出会いやその後の人生などが、人間の意志をこえた偶然の力が働いた結果として描かれているのである。（山口 145）

つまりドライサーは、メロドラマ的ロマンスのパターンを作品の中に取り入れながらも、そこに「適者生存」の考えを適用することで『シスター・キャリー』を、人間を環境と運命の犠牲者とする、決定論的なイデオロギーを基軸に据える自然主義文学に仕上げた、というのだ。「適者生存」については亀山照夫が、ドライサーが青年時代にスペンサーの『第一原理』を読んだ後に受けたという衝撃に言及し、ドライサーを含め世紀末の知識人たちが「人間存在の無目的生成というべきペッシミズムをどう乗り越えるかという大問題と真剣に取り組まざるをえなかった」ことを論じている（亀山 96）。これらを鑑みると、ドライサーの書く小説は、十九世紀末アメリカ大衆社会に受容されていたメロドラマ的ロマンスの特徴を踏襲しつつも、そこに人間存在の無目的性というペシミスティックな視点を加えた自然主義的小説だということが出来、これはドライサー作品全般に共通してみられる特徴だと考えられる。

この、「大衆恋愛小説の特徴を備えながらも、目的論に否定的な見解を示すことで、自然主義文学に仕立て直している」というスタイルは、確かにドライサーの作品に共通してみられる特徴である。しかし、ドライサー作品にみられる女性登場人物たちが必ずしも「環境に最も適応した」ものとして都市社会に存在している、とは言い切れないだろう。第1章から論じてきたように、ドライサーの描く女性登場人物には、都市社会の中にみられた牧歌に対するノスタルジアが投影されており、彼女たちは、都市社会に適応したもの、というよりもむしろ、ノスタルジアにより創られた理想像として描かれている。つまり、ドライサーの物語に描かれた女性登場人物たちは、概ね、ドライサー自身を含む、都市で生活する男性たちの理想女性像を表している、と考えられるのである。

ドライサーが自然主義文学を描きながらも、社会にみられた理想の女性像を作品の中に描いていたと考えると、結末部で、人生の無目的さをアイリーンという既婚女性を介して示しつつ、都市社会に相反する神秘主義をベレニスという若い独身女性を介して示す『禁欲の人』には、ドライサーが生涯を通して描こうとしていた彼の理想女性像が、まさに反映されていると考えられるのではないか。

2. 結末に描かれた二人の女性像

① ベレニス・フレミング

十九世紀末の代表的大衆恋愛小説であるローラ・ジーン・リビーの『可愛い向こう見ずな娘、ドロシー』(*Pretty Madcap Dorothy*) の冒頭で、主人公ドロシーが「運命の人」なんて滅多に見つからないと言う同僚に向かい、「小説の中では運命の人が必ず現れるようになっているのだから、現実世界でもそうであるはずなのだ」と豪語する場面があるが (*Pretty* 2)、ケンタッキー州で暮らす十七歳のベレニスとシカゴの中年事業家クーパーウッドとの出会いも、まさに「運命的」な出来事として描かれる。クーパーウッドがフレミング母娘に最初に出会うのは、第3章で論じた『巨人』の中盤、資金調達旅行の一環でケンタッキー州ルイビルに立ち寄った時のことである。そこで知り合った男にベレニスの母、フレミング夫人を紹介される。フレミング夫人は、初めはジョン・アレクサンダー・フレミング夫人、離婚後はイリア・ジョージ・カーター夫人となるが、現在は素性を隠したまま裏社会でいかがわしい宿を経営するハッティ・スターとして生計を立て、二人の子供を女手一つで育てている。クーパーウッドは、社交界の花形美女から売春宿の女主人へと転落した夫人の数奇な運命に強い関心を示すが、それよりも彼の興味を惹いたのは、夫人の娘で十七歳のベレニスであった。フレミング夫人は子供たちには売春宿の女主人であるという事実を隠しており、かつての社交界での名声と人脈を使ってベレニスを有名な女学院へと通わせていた。クーパーウッドは夫人を介してベレニスと対面するが、『巨人』にみられる初対面の場面でベレニスは「彼女が動いている世界にぴったりのひだ付きのモーニングガウン」を身にまとい、クーパーウッドに向かって「とらえどころのない微笑み」を浮かべながら「これから小鳥を捕まえます」と語りかけ（*TT* 357）、クーパーウッドに世俗的な都市社会とは異なる自然の神秘的な魅力を感じさせている。クーパーウッドはこの後、ベレニスに愛を告白し、当初ベレニスはそれを拒否するが、ちょうどその頃、ひょんなことからフレミング夫人の素性が明るみとなり、母娘は社交界にいられない状態へと陥り、経済的窮地に立たされることとなる。それを知ったクーパーウッドが、フレミング夫人に経済的援助を申し出たところで物語は『禁欲の人』へと続くのだが、『禁欲の人』は、窮地に立たされたベレニスが、社交界復帰を夢見てクーパーウッドの前に立ち、彼の愛を受け入れる決意を伝える場面から始まっている。この場面で、決意を伝えに来たベレニスにクーパーウッドは次のように語りかけている。

「ですが、私の生涯にとって、あなたがいかに重要であるかをわかってもらいたいのです。あなたはわからないかもしれませんが、私は今ここでそれがわかったのです。無駄に八年、あなたを追い求めてきたわけではありません。大事に、大事に育んできたつもりです」

「わかっているわ」この告白に少なからず感動して、ベレニスは優しく言った。

「この八年のあいだ、」クーパーウッドは続けた。「私は一つの理想をもっていました。その理想とはあなたのことなのです」(*TS* 5)

この場面でクーパーウッドはベレニスに対し「理想(Ideal)」という言葉を使っている。「欲望三部作」が事実に忠実に描かれたことを考慮すると、十九世紀後半のアメリカ社会で一般的に抱かれていた理想の女性像そのものを、ドライサーがここで、主人公の理想としてのベレニスに描いたと考えることは不可能ではないだろう。『禁欲の人』の中でベレニスは、『巨人』での登場場面にも示されていたように、世俗的価値観とは異なった神秘的な印象をクーパーウッドに与え、若さと美しさで男性を魅了する女性として描かれている。様々な事情から社会的不遇を受け、そこから脱却することを夢見て都市へと移動し、若さと無垢な美しさで男性を魅了しその愛を獲得する、というイメージ、そして彼女の成功を助ける男性が絶妙なタイミングで運命的に現れるという設定は、ドライサーがキャリー以降繰り返し描いてきた女性登場人物のみせるイメージであり、先述した山口の言う、大衆恋愛小説のヒロインの特徴ともまさに一致する。しかも、冒頭部にみられる、ベレニスがクーパーウッドの愛を受け入れるに至った動機からも窺われるように、ベレニスは、神秘的で無垢な美しさでクーパーウッドを魅了しながらも、成功を手に入れるためのしたたかさも密かに兼ね備えている。例えば、シカゴで鉄道事業運用延長権の獲得に失敗し弱っているクーパーウッドに対し、ロンドンで新事業を行うことを提案し、妻アイリーンの存在を知りつつも、自分も一緒にそこで暮らすことを遠回しに申し出たり、クーパーウッドの浮気が発覚した時には（彼女自身も浮気相手なのであるが）、自分が望めばすぐに結婚が可能であるスティン卿とクーパーウッドを天秤にかけ、どちらと共にいたほうが彼女の社会的境遇を修復するのに有利であるかを考えていたりしている。これらの描写から、ベレニスが単に神秘的存在として描かれているわけではなく、当時の大衆恋愛小説のヒロイン、あるいは、ドライサーがキャリーを通して描いたような、都市で成功を夢見る、無垢でありながらもしたたかな若い女性として描かれていることがわかる。しかし、ベレニスの人生の結末は、メロドラマ的ロマンスのヒロインとは異なって描かれている。ドライサーが少年時代に読みふけっていた大衆恋愛小説のヒロインは、最終的には結婚し、成功という目的を果たし「幸せな結末」を迎えるが、ベレニスはあえて結婚の可能性のないクーパーウッドと共に人生を歩むことを選び、生涯一度も結婚することはない。その点は、キャリーやジェニーと同じである。クーパーウッドの死後、ベレニスはインドへ行き、ヨーガ哲学の精神に賛同し、チャリティー・ホスピタルの建設を達成し、貧しい子供たちの救済に人生の目的を見出す。ベレニスのこの一連の行動は、一見、目的をもった女性が男性の力を借りず自分の目的を達成するエピソードとしても読める。明確な目的を示しているかのようにみえる結末でのベレニスの姿を理由として、本作品は、長年目的論に否定的な見解を示してきた自然主義作家ドライサーらしからぬ作品として捉えられてきたと考えられる。しかし、晩年になって作者により加筆されたこの結末部におけるベレニスの描写を、男女の関係と目的論の観点から改めて読むと、彼女もまた、キャリーたちと同様、確固たる目的というものはもっておらず、自立した女性としては決して描かれていないことに気が付くのだ。

クーパーウッドの死後人生の目的を失ったベレニスが、偶然手にした『バガヴァッド・ギータ』に書かれた言葉に感動し、インドに行くことを思いついた場面が次の通りである。

インドに行こう！　そう気持ちを整理すると、プライアー・コーブを引き払ってから、ロンドンからボンベイへ船で行くことにした。もし行きたいのであれば、母親を同行させるつもりだった。翌朝、自分の決定についての意見を聞きにジェームズ医師を訪ねた。現地で修練する自分の計画を打ち明けると、驚いたことに、それは実に名案だと言ってくれた。

……

自分の決定にジェームズの賛同を得たことを励みにして、さっそくベレニスは留守中のパーク・アベニュー邸の管理を手配して、ニューヨークを発ちロンドンに向かった。（*TS* 297）

インド行きを思いついた彼女が最初にしたことは、クーパーウッドの友人のジェームズ医師への電話である。医師の同意を得てインド行きを決定すると、今度はロンドンにある住居を引き払うためステイン卿に会い、彼からもインド行きの同意を得、さらには彼の友人であるセヴェレンス卿に旅のアレンジをしてもらう約束を取り付ける。

ベレニスもわかっていたが、セヴェレンス卿はインドでまかり通っている諸々の事情に非常にくわしかったし、喜んで力になってくれそうだった。セヴェレンス卿が自分に与えてくれる助言や援助は何でも喜んで受け取ります。とベレニスは伝えた。

……

その後、ステインはベレニス親子のインド出発の準備にとりかかった。セヴェレンス卿から何通か紹介状を確保することもこれに含まれていた。そして、ベレニスが行き先に選んだ都市はボンベイだった。ステインは必要なパスポートと切符を入手してその後で二人を見送った。

(*TS* 308–309)

このようにしてベレニス母娘は、インド行きのチケットを自分でではなく、ステイン卿に手配してもらい、セヴェレンス卿の書いてくれた紹介状を手にしてインドへと旅立つ。これらの描写を見ると、インド行きを決めたのはベレニスだが、その動機は偶然によるものであり、それを実行可能にしたのは彼女の力ではなく、周りの男性の力によるものであることがわかる。目的を叶えてくれる男性が都合よく現れ、運命に流されながら彼らに依存する、という大衆恋愛小説のヒロインの特徴がここにもみてとれると共に、ベレニスが自立した女性では決してないことがみてとれる。そして、この傾向はインドに渡った後のベレニスの描写にもみられる。

ボンベイ市内では、セヴェレンス卿からマーシュステッド・ホテルの経営者に宛てた手紙を持参していたおかげで、滞在期間中ずっとこの上ないほど至れり尽くせりのもてなしを受けた。二人は感動のあまり数週間滞在し、西洋の都市とは似ても似つかないその都市らしい特徴をたくさん見て回った。（*TS* 309）

落ち着いて早々、ベレニスはグル探しを続けたい一心でセヴェレンス卿から受けた指示の文言どおりに行動を開始した。指図に従い、ナーグプルを南北に縦断して走る幹線道路沿いを、放棄された工場らしい古い荒れ果てた建物にたどり着くまで進んだ。それから右に急旋回して荒れ果てた綿畑沿いに約半マイルほど歩くと、黒檀とチークの大樹から成る木立にたどり着いた。木々は密集し、太陽の照りつける熱を遮断するほどだった。ここがグルのすみかだと彼女はピンときた。セヴェレンスがそこを正確に描写してくれていたおかげである。（*TS* 310：傍線筆者）

ボンベイに着いた後フレミング母娘が、すべての行動をセヴェレンス卿が書いてくれた行程通りに従い、彼の力により現地で手厚いもてなしを受けている様子がわかる。そして、旅の最大の目的であるグルとの会見も、卿からの手紙によって成し遂げられている。目的達成の為にベレニスがしたことは特になく、彼女の目的は、彼女の意志というよりも周りの男性の力、セヴェレンス卿のおかげ、により成就されているのである。インドでの生活を終えアメリカに帰ってきたベレニスは、自分自身の中に変化を感じ、物質主義へ疑問を感じ、人生の目的を見出そうとするが、帰国後のベレニスを描く場面からは、彼女が本質的には変わっていないことがみられる。

少なくとも数週間、プラザホテルで暮らすことに決めてから、ベレニス母娘は手荷物を申告して、ようやく我が家にいる幸せな気分でタクシーに乗り込んだ。ホテルの部屋に落ち着いてからベレニスが最初にやりたいと思ったことはジェームズ医師を訪ねることだった。クーパーウッド、自分、インド、これまでの出来事の全て、そして自分の将来について先生と話がしたかった。そして、西八十番街の自宅にある個人事務所で彼に会ったとき、相手が温かい心遣いで出迎えてくれたことや、旅行と体験のことで自分が話さなくてはならなかった全てのことに親身になってくれたことに、彼女は大喜びした。（*TS* 324-325：傍線筆者）

ベレニスはここで、インドで自分が学んだことを社会のために活かすことを考えつつも、資本主義の産物ともいえるプラザホテル（一九〇七年創業、ニューヨーク・マンハッタン区にある高級ホテル）に滞在し、アメリカの都市社会の中にいる安堵感を味わっている。また、帰国後彼女が最初にしたことはジェームズ医師への電話であり、これは帰国前の彼女の行動と大して変わっていない。この後、ジェームズ医師からクーパーウッドの遺産についての不本意な処分について知らされたベレニスは、自分がクーパーウッドの意志を引き継いでチャリティー・ホスピタルを建設することを思い立つ。物語はそこで幕を閉じるのだが、その場面が次のように描かれている。


人助けのために彼女に何ができるだろうか？

そんなことを考えていて、ふとクーパーウッドの病院構想が脳裏をよぎった。自分の力で病院を作ることはできないものだろうか？　よくよく考えてみると、彼は彼女に大きな財産を残してくれていた。貴重な美術品でいっぱいの立派な屋敷があり、それでまとまった額が簡単に手に入れられた。その分をすでにある分に加えれば、少なくともその計画に着手できるかもしれなかった。そして、おそらくは、他の人たちに協力を仰げばいいのだ。ジェームズ先生は、きっとそのうちの一人になってくれるだろう。

実に名案だった！（*TS* 328：傍線筆者）

ここで注意したいのは、病院の建設は元々クーパーウッドの構想であること、そしてその実現をベレニスが達成できたのは、未婚であるがゆえに処分の対象とはならず手元に遺されたクーパーウッドの遺産があったからだ、ということである。そしてその実行にあたって、またしてもジェームズ医師の力を必要としている。つまり、ベレニスの目的というのは、彼女の中に目覚めた信仰心による彼女自身の目的というよりも、クーパーウッドの目的であり、その達成は彼女の意志によるものというよりも、周りの男性の力によるものであるということが、この結末部には示されているのである。このことは一見、「成功に対して努力する姿はみられず受け身であるが最終的に幸せな結末を迎える」という大衆恋愛小説のヒロインの特徴に合っているようにも思えるが、大衆恋愛小説のヒロインたちのようにベレニスは「幸せな結末＝結婚」という目的を叶えているわけではない。クーパーウッドからの受け売りである目的を、未婚である為に手に入った金により達成させているベレニスは、金よりも愛に重きを置くメロドラマ的ロマンスのヒロイン、というよりも、金と成り行きに身を任せる自然主義文学のヒロイン像、キャリーと同じである。加えてドライサーは、ベレニスに男性であるクーパーウッドの目的を周りの男性に従うことで叶えさせている。つまりベレニスは、ヴィクトリアン・タブーに逆らう自由な女性のように見えながらも、大衆恋愛小説のヒロインの特徴をもつ、結局のところ、「未婚である為に自由に付き合える」ことに加え、「男性に尽くし、男性の望みを叶える」という、男性にとってまさに理想的な女性像として示されているのだ。

②アイリーン・クーパーウッド

『巨人』の中で、ベレニスに自分の過去について話をする場面で、クーパーウッドはアイリーンのことを「まったく理想ではない（not ideal at all）」と言っている（*TT* 421）。『禁欲の人』では、ベレニスが「理想」として描かれるのに対し、アイリーンは「理想ではない」女性としてかなり酷い描かれ方がされている。しかし、第3章でみたように、アイリーンも当初は若さと美しさでクーパーウッドの心をとらえる女性として登場する。ビジネスのことを考えているクーパーウッドのもとに現れ、彼にビジネスとは異なる世界を見せるアイリーンの登場場面について、シビル・ワイアーは、アイリーンが、保守的な価値観にとらわれず、しかるべき男性と結婚することで社会的な成功を手に入れようという目的をもった、「新しいタイプの女性」のイメージで描かれていることを指摘している（Weir 67）。

大衆恋愛小説のヒロインたちが皆「新しい女性」であるとは断定できないが、若さと美しさを兼ね備えた女性として登場し、都市で成功を収めているクーパーウッドを魅了し、成功を求め、親の敬虔な教えを振り切って都市へと移動する、というアイリーンの一連の行動も、ベレニスと同様、明らかに十九世紀末のメロドラマ的ロマンスのヒロインの特徴と共通する。しかし、この後、『巨人』の中で、クーパーウッドと結婚した後のアイリーンは自立した女性どころか、夫の浮気が判明すると浮気相手を殺しかねないほどの嫉妬心をもち、さらには自殺未遂まで起こすほど、夫に依存した女としてクーパーウッドを悩ませる存在となり、『禁欲の人』では完全に、嫉妬深く、夫から自立できない女性、として描かれることになる。大衆恋愛小説のヒロインは結婚することで「幸せな結末」を手に入れるのに対し、アイリーンは、成功した男性との結婚という目的は達成するものの、結婚によりかえって「幸せな結末」から遠ざかってしまうのだ。『禁欲の人』の中でアイリーンの性格は、クーパーウッドにより「問題を考えて最終的な結論に至るような人間ではなく」、その代わりに、誰彼構わず「有害無益な怒りを抱く」ヒステリックな女性と説明されている。このイメージは、ベレニスの描写と並行させながら、物語の中で繰り返し強調されている。特に、クーパーウッドの死の直前、クーパーウッドの見舞いに行ったアイリーンがその帰り、病院の廊下で見舞いに来たベレニスとすれ違う場面では、「理想でない」嫉妬深いアイリーンと「理想である」慈悲深いベレニスがはっきりと対照的に示される。

死を直前にして弱っているクーパーウッドに対し優しい気持ちになり病室を出てきたアイリーンが、ベレニスの姿を目にしたとたん怒りを爆発させ嫉妬する場面が次のように描かれている。

ベレニス！　ここ、ニューヨークにいたなんて。明らかにクーパーウッドがそう願ったからだ。彼が望んだことに決まっているわ！　しかも、この期に及んで、死にそうなふりまでして！　あの男の裏切りは限度というものがないのだろうか？　明日も来てほしいなどと、よくもぬけぬけと私に頼めたものだ！　しかも、一緒に埋葬される墓の話までするなんて！　よりによってあの男と！　今度こそ、終りだわ！　むこうが一日に千回電話をかけてきたって、二度と再びこの世であの男に会うものですか！　夫、夫の共犯者のジェームズ医師、誰であろうと彼らの代理を装う者からの電話は全て無視するよう使用人に命じてやろう！（*TS* 276）

アイリーンはこの後、死んだ夫の遺体の受け取りを断固拒否するという行動にでるのだが、一方、アイリーンの代わりにクーパーウッドの看病をジェームズ医師によって頼まれたベレニスは次のように描かれる。

看護婦の白衣をまとったベレニスが部屋に入ったのは、クーパーウッドがこんなことを考え込んでいたときのことだった。挨拶したときの聞き覚えのある女の声の響きにはっとして、まるで自分の目で見ているものがちゃんとわからないかのように目を丸くした。白衣はいつもと違う美しさが映える魅力を作り上げた。苦労の末、頭を起こし、クーパーウッドは、明らかにか細い声を張り上げた。

「やあ！　アフロディテ！　海の女神！　純白の白！」（*TS* 282）

ここでベレニスは「白衣の天使」として登場し、まさにクーパーウッドの「理想」として彼を感動させている。『禁欲の人』の中で、アイリーンとベレニスが直接顔を合わせるのはこの場面だけである。それ故、「欲望三部作」の物語のクライマックスに差し掛かるところで初めて直接対面した二人の女性が、社会的成功者の男性実業家を介し対照的に描かれているこの場面には、ドライサー自身の抱く女性観がより明確に示唆されているように思う。ここでのアイリーンの描かれ方には、「クーパーウッドとの結婚」という多くの女性が抱く目的を果たした彼女が、必ずしも「幸せな結末」を手に入れたわけではないことがはっきりと示されており、「結婚という目的を達成してこそ幸せ」という当時の大衆恋愛小説が示した目的論に対するドライサーの否定的見解がみてとれる。同時に、それとは対照的に「白衣の天使」として描かれたベレニスには、当時のアメリカ社会にみられた牧歌的美しさへの憧れ、パストラリズムが体現されており、ドライサー自身もそのような女性像を理想として抱いていたことが窺われる。

「結婚してこそ幸せ」への否定は、クーパーウッド死後のアイリーンの描写に一層明らかに示される。クーパーウッドの死後、感傷的になったアイリーンは報道関係者に対し、クーパーウッドの夢であった病院の建設を建てることを自分の目的として宣言するが（*TS* 298）、クーパーウッドが死んだとたん、彼と関係のあった者たちが次々と現れ、残された遺産が法律によって瞬く間に処分されてしまったことから、実際にその目的の達成は不可能となる。アイリーンが立てた法廷執行人のジャミーソンもアイリーンのために積極的に働いてはくれず、それについて不満を漏らすと、ジャミーソンと手を組んで遺産の処分にあたっていたクーパーウッド・ジュニアから、「よくわかっていないことに首を突っ込んでくる女性にありがちだ」（*TS* 300）と非難される。資本主義経済への女性の介入に対する批判がこのセリフには込められており、女性が社会に出て男性の力を借りずに自立し目的を達成することへの批判およびその困難さ、そして、「結婚」という制度には結局何の意味もない、という結婚に対する否定的な見解が読みとれる。この後、アイリーンは裁判や取引などに振り回され、結局、クーパーウッドの宝であったアートギャラリーや、自宅までも売り渡さなければならない状態に追い込まれてしまう。これは皮肉にも、未婚であるがゆえに法が及ばず遺産を手に入れることが出来たベレニスとは真逆の状態である。アイリーンを巻き込んだこのような災難は、アイリーンがクーパーウッドの妻であるがゆえに降りかかったものであり、結婚＝幸せな結末という、メロドラマ的ロマンスの結末に対する否定的な見解が繰り返し示されていることがわかる。結局アイリーンは、遺産を巡る諸々の問題対処により疲労困憊し、最後には孤独のまま息を引き取ることとなる。一度は人生の目的を達成したようにみえるも、結局満たされることはなく、環境と運命の犠牲者となってしまったアイリーンの人生は、広い意味ではキャリーの描写とも共通しているように思う。大衆恋愛小説のヒロインの特徴をもったものとして描きつつも、そこに、結婚に対する懐疑的な見解と、目的論及び女性の自立の可能性に対する否定的な見解を加え、自然主義文学のヒロインに置き換えて描く、というドライサーの自然主義ロマンスの特徴が、アイリーンの描写からもみられるのである。

『禁欲の人』の結末でドライサーはベレニスを、一見自分の力で目標を達成させたようにみせつつ、実は環境に流され周りにいる男性達の力に頼って生きている女性として描き、一方でアイリーンを、結婚という目的は果たすものの、夫に依存するあまり人生の目的を見失い、ついには結婚がもたらす環境と運命によって潰される女性として描いている。幸せの条件のように捉えられていた結婚を達成したアイリーンが悲惨な結末を迎え、未婚のまま男性に尽くすベレニスに肯定的な結末が用意されているのである。一方で、二人の女性は作品の中で対照的に描かれてはいるものの、実はどちらも、人生の成功という目的に対して「受け身の姿勢」であり、自立した女性のイメージを示しているとはいえない。実在した人物をモデルとし事実に忠実に描いてきた作品に、最後の最後で創作した物語を加筆したことでドライサーは、未婚で自由な立場にいるが故男性（自分）の自由になり、男性（自分）に尽くす、という、自身が抱く理想の女性像を、改めて示したのだ。

註

（1）ドナルド・パイザーにより近年出版された *Theodore Dreiser Recalled*（以下 *TDR*）に記載されているマーガレット・チェイダーの項目（Pizer 121–132）を参照。

（2）晩年のドライサーの人生観の変化については、ステーネルセン（Sternersen）を参照。当時のドライサーの東洋思想への傾倒に基づく神秘主義が、長編二作品のみならず、当時の手記や手紙、日記からも知ることが出来ることを指摘している。

（3）晩年二作『とりで』『禁欲の人』におけるドライサーの神秘主義については、ハッシュマン（Hussman 153–179, 180–193）、を参照。二作品について他の長編作品とは異なり、晩年のドライサーの感傷的な見解を露呈した作品として論じている。

（4）ハッシュマン（Hussman 180–193）及びヘレン・ドライサー（Helen Dreiser 151–157）を参照。

（5）ハッシュマンによると、ドライサーは当初、クーパーウッドとアイリーンの死に焦点を当て作品の結末とする予定であったようであるが、晩年になってそれを、ベレニスのヨーガ哲学への傾倒へと修正したという（Hussman

180–193)。

（6）メンケンはドライサーの死後、ヘレン宛の手紙の中で、『とりで』に比べても『禁欲の人』は力強さに欠けた感傷的な小説であると批評している（Dreiser–Mencken Letters 735)。

（7）ref. *The Novels of Theodore Dreiser: A critical Study.* (Pizer)

（8）ヘレンは *My Life with Dreiser* の中で東洋哲学について述べ、東洋思想への見聞を深めるにつれて、物質主義（materialism）から離れ、内なる平和（inner peace）を求めることの喜びに気が付いたことを述べている(151–157)。これは、ベレニスが作品の中で体験している「気づき」と一致する。

（9）この手記の中には、チェイダーがヘレンにハタ・ヨーガに関する本を借りたことも記されている。その本には、ヘレンが当時夢中になっていたヨーガの呼吸法の指南が書かれてあったようであるが、これは作品の中で、ベレニスがインドで体験し感心している呼吸法の描写のもととなっていると考えられる。

（10）ドライサーの女性関係については、大井浩二氏が著書の中で、「キャリーの生みの親である小説家ドライサー自身もまた「あまりにも衝撃的」な道徳の破壊者、公序良俗の紊乱者だった」（140）と述べ、詳細に解説している。

（11）ドライサーが当時の大衆恋愛小説に影響を受けていたという点については、フィドラー（Fiedler 249)、デイヴィットソン（Davidson 397–399）も参照。

第7章　『とりで』――満を持しての、「新しい女性」登場

『禁欲の人』と同様、ドライサーの死後、一九四六年に出版された『とりで』(*The Bulwark*)も、その着想は一九一四年であると言われている。ドライサーがこの作品の着想を得たのは、ある女性が、厳格なクエーカー教徒[1]であった彼女の父親とその一家の悲劇を語ってくれた時のようである(*A Theodore Dreiser Encyclopedia*［The Bulwark］)。作品の着想から実際の出版までこれほど手間取った理由として、『とりで』の主人公がクエーカー教徒という設定、物語の主なテーマとして宗教を取り扱っているという点、が挙げられるだろう。

『とりで』は敬虔なクエーカー教徒である主人公ソロン・バーンズの生涯を中心に、親子三代にわたるバーンズ一家の生活を描いた作品である。作品は三部構成で、前後に短い序と終章が置かれている。第一部ではソロンの父、ルーファスについて語られる。ルーファスはもともと田舎に住む貧しい農

夫だったが、ソロンが十歳の時、陶器産業で活躍していた義兄が他界し、その財産管理を任されたことでチャンスを得、事業家として成功するに至った。それに伴い、フィラデルフィアに近いドッグラという土地にあるソーンブルーの屋敷の管理人として屋敷に住むことになる。彼は、決して欲をもつことはなかったが、富を着実に手に入れ、同時にフレンド教会の中でも信頼を得ていく。第二部ではそのような父の成功の甲斐あって、ソロンが裕福で美人なクエーカー教徒の娘と結婚し、さらには彼女の父の働くフィラデルフィアの銀行に職を得て、昇進し、教会でも信頼される人物となる過程が描かれている。作品の舞台は十九世紀後半であり、ルーファスもソロンも厳格なクエーカーでありながらも、激動する社会の中で自らの信仰と世俗の価値との違いに苦しむ。ソロンは、その苦しさゆえに、自分の子供たちに信条をより厳しく教え込もうとするが、その厳しさが却って彼と彼の子供たちとの間に隔たりを作る原因となってしまう。第三部では、ソロンと子供たちとの間にできた隔たり、それにより起こされた悲惨な出来事について描かれている。自身の厳しさが原因でソロンは、子供たちとの疎遠、末っ子スチュワートの殺人関与と逮捕、それによるスチュワートの自殺、最愛の妻の死、という悲劇に直面する。しかし彼はその時に改めて信仰心を見直し、自然の中に神を見出し、すべての生き物の創造主の愛を悟る。そして、銀行を辞め世俗社会からの完全な離脱を決意する。世捨て人となった彼は病を患い、森に籠ったまま生涯を終えるのである。

『とりで』の主人公ソロンは、ドライサーが描いてきた都市における成功者たちとは趣が異なる。ソロンが厳格なクエーカー教徒であるという点、彼を生涯厳格な宗教者として描きながら、『ジェニー・ゲアハート』のジェニーの父ゲアハート氏や『アメリカの悲劇』のクライドの父(2)のように時代の完全なる敗者として描くのではなく、むしろ資本主義社会に適応し成功する男性としても描いているという点、さらに、人生の悲劇を経験したソロンが自然の中に絶対的な神の存在を再認識し、信仰心を全うするために世捨て人となり、森に籠るという結末の神秘性、これらの特徴から『とりで』は、自然主義作家ドライサーには珍しい宗教的な作品であり、『禁欲の人』と共に、晩年におけるドライサーの人生観の変化を示した作品であると捉えられることが多い。例えば、『とりで』の出版直後、F・O・マシーセン（Mathiessen）は『ニューヨーク・タイムズ』の「ブックレビュー」で、『とりで』を「主人公ソロンのキリスト教的博愛精神の再認識を描くただの宗教的な小説（religion novel）」に過ぎない、と批判しているし、また、ウォルカットも、四段階に分けたドライサーの自然主義の第四段階にあたる作品に『禁欲の人』と共に『とりで』を挙げ、『とりで』は彼の初期の作品と同様力強い優れた作品であるとしながらも、第四段階に至ったドライサーの自然主義はもはや自然主義とは呼べない、と批判し、『とりで』においてドライサーの自然主義的見解がみられなくなっていることを指摘している（Walcutt 221）。

しかし、作品の背景となるのは世紀転換期のアメリカ社会であり、ソロンの人生にも当然資本主義の影響がみられる。『とりで』を単に晩年のドライサーの宗教的な作品として片づけてしまうことは当然出来ない。それ以上に、『シスター・キャリー』でヴィクトリア朝的道徳感に反した物語を書き、衝撃的なデビューを果たしたと評価されているドライサーの最後の作品が、弱気になったドライサーの「宗教的な小説」というのは、読者からしてみれば、裏切られた気分にもなるだろう。

『とりで』の冒頭には、クエーカー教徒の集会所で行われているソロンとベネシアの結婚式の様子を描く「序」がつけられている。そこには、「人々が「内なる光（Inner Light)」を称え、クエーカーの教義に忠実に従っていた」時代からは変わり、現代資本主義社会の物質主義への傾倒が教団の中にも少なからずみられるようになったということ、クエーカー教徒にとっては「世俗的」なものである「ダンスや、音楽、演劇」といったものが確実に彼らの生活の中にも浸透してきているということが説明されており、「若者たちの現実主義が、教団の弱体化に寄与し、かつての人々が政府に感銘を与えた理想主義、不完全すぎる世界で完全を求める精神、から教団を切り離してしまった」ことが書かれている(*TB* Introduction)。古くからのクエーカーの信仰と時代の流れが相容れない関係にあり、理想主義と現実主義の間での葛藤が作品の大きなテーマとなるということが「序」で早くも示唆されている。そして『とりで』には、弱体化してしまった理想主義を取り戻そうするソロンの奮闘が物語を通して描かれているが、世俗社会を捨てざるをえなくなる作品の結末からは、ソロンが自身の理想主義をもって物質主義に完全に抵抗することができなかったこと、ソロンもまた、レスターやクーパーウッドらが直面したような、選択の必要性に迫られていることがみてとれる。つまり、『とりで』においても、ドライサーの他の長編作品にみられる、都市社会における「都市」（資本主義）と「牧歌」（理想主義）の二項対立という構造が創られているのだ。そして、決して幸せな終わりとはいえないソロンとその子供たちの人生の描かれ方を見ると、『とりで』においても、ドライサーが、それまでの作品にみられるのと変わらぬ姿勢で当時の都市社会にみられたパストラリズムを描いているということに気が付くのではないか。

『とりで』において、都市的な価値観と牧歌的な価値観の二項対立は、ソロンと子供たちの関係に象徴される、「バーンズ家の精神（ソロン）、理想主義」と「時代の精神（子供たち）、現実主義」の関係を介して示されている。これだけみれば、世代間の違いによって生じる価値観の違いを扱っているにすぎないようにも思えるが、『とりで』には、ソロンや子供たちに「時代の精神」を伝え、現実主義の実用性を示し、彼らを新しい世界へと引き込む存在として、中年の女性、おばさんたち、が登場する。そして、彼女たちに示される価値観に影響を受け、一度は家を飛び出しはするものの、最後には故郷に戻り父の看病に献身し、その最期を看取る三女エッタの存在がある。つまり、『とりで』においても、時代の影響を受ける女性たちが存在し、ドライサーの女性および当時のパストラリズムに対する見解についての理解に重要な役割を果たしているのだ。

1. ソロンと子供たちの対立に示された「バーンズ家の精神」対「時代の精神」

ベレシアと結婚後、ソロンは、「地位と名声への野望と、クエーカーの教義への忠誠」の間で葛藤しながらも（*TB* 113）周りからの信頼も得て確実に財産を増やし、ドックラのクエーカー教徒の集まりの中でも「善人で彼らの中の砦の一人（He was a good man–one of the nations, bulwarks)」（*TB* 124）として認められるようになっていた。ソロンとベレシアの間には、イソベル（長女）、オーヴィル（長男）、ドロシア（次女）、エッタ（三女）、スチュワート（次男）の五人の子供がおり、ソロンは、自身の中にある葛藤を乗り越えるためにも、時代とともにその重要さが薄れてきているかのようにみえるクエーカーの教義を「バーンズ家の精神」として自分の子供たちには確実に伝えることに尽力する。

しかし、バーンズ家の子供たちは、初めはそれほど意識してはいなかったが、成長するにつれ、どの子も順番に、バーンズ家の精神と社会一般の精神の間に大きな違いがあるということに直面せざるを得なかった。バーンズ家には認めるべき美点も多くあったが、それらは明らかに変わりゆく時代と矛盾していた。（*TB* 138）

という記述があるように、バーンズ家の精神（The spirit of the Barnes home）は移り変わる時代の精神（The spirit of the time）とは対立し、それがソロンと子供たちとの間に隔たりをつくっていく。

作品の背景である二十世紀初頭は、経済的・技術的繁栄が確立し、資本主義・産業主義がアメリカ社会に蔓延し始めた時期である。アメリカ社会が大きな変化を遂げようとしていた時代において、時代の変化の影響を大きく受けたのは、言うまでもなく、若者たちとその生活様式である。この時代が若者たちにとってどのような時代であったかは、ハワード・チュダコフが、「十九世紀後半は確実にアメリカの都市が非常に多くの娯楽を提供した時代であり、それらの多くが独立した若者たちの日常や余暇を刺激した。歴史家はこの時代をダンスホールやスポーツ観戦、遊園地やダンスホール、酒場や劇場、大衆文学や週刊誌、社交クラブ、ビリヤード場、売春宿やカフェ、キャバレー等、都市に住む若者たちを夢中にさせた商業的娯楽が花開いた時代とみなしている」と説明している（Chudacoff 67）。ここに挙げられた娯楽は、『とりで』の中でも「時代の精神」を象徴するものとして描かれ、バーンズ家の子供たちに影響を与えている。しかしその一方で、ソロンは、そのような「すべての娯楽」はクエーカーの信仰に「反するもの」とし、それらに対し「極端に懐疑の目を向けて」いる。そして、子供たちを「外の世界から守る」べく、「子供たちがそのような娯楽に加わることを禁じて」いる（*TB* 139)。この、娯楽が示す物質的な「時代の精神」と信仰心に基づく宗教的な「バーンズ家の精神」の対立は、子供たちとソロンとの隔たりという形で物語の中で繰り返し提示されている。

ソロンは家の中で、古くからのクエーカーの精神に従い、次の引用にもみられるように、信仰に無関係なものは一切排除している。

> ベネシアとソロンが子供の時から行ってきた静かな一連の義務はここでも続けられていた。この地方の全てのクエーカーの家庭と同様に、彼らの家庭でも、絵画や楽器といったものはなかった。書物も、クエーカーに関するものを除いて置いていなかった。美術や、社交、劇場といったことは会話にも出てこなかった。（*TB* 109)

しかしこのような古くからの教えに対し、子供たちは反抗的である。

（ドロシア）「お母さんやお父さんが、どうして私たちにあんなに厳しいのか、私にはわからないわ」……「親戚のところ以外はどこにも行かせてくれないなんて」……「お父さんたら、ポニーの馬車すら買ってくれない！　買ってくれるくらいのお金はあるのに！」（*TB* 141）

彼（スチュワート）の心は友人たちの刺激的な冒険の話でいっぱいだった。映画を見にフィラデルフィアに行ったこと、劇場に行ったこと、公開賭博場へ行ったこと。いかがわしい場所へ足を踏み入れた少年もいた。アトランティック・シティへ旅行をした話をするものもいた。彼らはその歓楽を夢中になって話した。遊歩道、ホテル、車輪のついた椅子、水泳。それらはすべて彼にとっては手の届かないものであった。……なぜ彼の父は彼にそのような楽しみを許してくれないのだろう？（*TB* 195）

また、エッタの部屋に彼女が級友から借りた『サッフォー』というタイトルの本を見つけた場面では、ソロンがエッタに向かい「このような書物がこの国に、この家に、私の娘、いや誰にせよ若い娘の手の中にあるとは！」「お前が「内なる光」に背いたら、いったい誰がお前を守ってくれるのだ？」と激怒したことでエッタの反感を買い、彼女に家出を決意させている（*TB* 200）。

このように、ソロンは、子供たちが外の世俗社会に入っていくことを断固として妨げようとしているのだが、子供たちにそのような考えは受け入れられない。昔ながらの理想主義に基づくバーンズ家の精神が、現代の物質主義に基づく時代の精神と対立していることがこの親子関係には明示されている。

しかし同時に『とりで』には、ソロンの理想主義をもってしても、時代の精神の力に抗うことは不可能である、ということもまた明示される。では、『とりで』において、ソロンが守ろうとしていた、理想主義と現実主義の境界を壊すきっかけとなっているものはなにか。興味深いことに、そこにはこれまでドライサー作品の中では注目されることのなかった、そしてドライサー自身も描くことが少なかった、中年女性の存在がみられるのである。

2. 境界を壊すおばさんの存在

①「別の世界への扉」としての役割

ベネシアの伯母にあたるヘスターおばさんが最初にその役割を発揮するのは、作品の第二部、長女イソベルが高等教育を終えて、その後の進路をどうするべきか、迷っている場面である。イソベルが進学を希望するとしても、クエーカーの教えを強く守っているオークワルドの大学に行かせ、いずれは「クエーカー教徒の好ましい青年と結婚する」のが良いと考えているソロンに対し、ヘスターおばさんは、オークワルドの精神は近代精神にそぐわないことを指摘する。彼女の考え方と、イソベルに与えた影響については次のように記されている。

> ベレシアの倍ほどの年齢であるヘスターおばさんは、彼女自身が男性に選ばれることは一度もなかったが、女性にとって結婚以外も職業があることを主張していた。そして、何らかの理由により未婚でいる若い女性が、もしも何に対しても興味関心をもっていない場合、人生に失望する危険性があることを強調していた。……そんなわけで、ヘスターおばさんの影響もあり、イソベルはなんとか大学進学を認めてもらえることになったのだ。（*TB* 146）

イソベルは結局、「古いしきたりと新しい精神の橋渡し」として認識されていた女子大ルウェイン・カレッジに進学することになり、学問の世界を知り、教育を受ける女性という「新しい女性」へと道を歩むことになる。

続いて、長男オーヴィルの就職、結婚についての場面でも、「ここで再び、ヘスターおばさんがバーンズ家の子供たちの運命を決める役割をもった」(*TB* 149) という記述とともに登場し、その人脈と財力をもってオーヴィルを支援する。オーヴィルは、本文中の言葉を借りれば、「宗教の教えは世間体として必要なもので、それ自体は意味のないもの」(*TB* 149) と考える青年で、人生の目的は「豊かで、安定した地位、そして名声を手に入れる」(*TB* 148) 結婚をすることだと考えている。このような願望は『アメリカの悲劇』のクライドにもみられたものであり、近代的な若者の考え方である。そして、そのような結婚をするため、トレトンで陶器会社を経営するアイザック・ストッダートの息子エドワードの友人となり、その妹と結婚したいと考える。その陶器会社の株をもっていたのが、ヘスターおばさんだった。彼女は重役に手紙を書きオーヴィルを入社させるように頼む。結果、オーヴィルは願った通り仕事を得て、その後首尾よくストッダート家の娘と結婚し、権力、名声、富を手に入れる。

さらに、三女のエッタの人生にも、「そしてここでもまたヘスターおばさんが絡んでくる」(*TB* 159) とあるようにヘスターおばさんが関わっている。姉たちとは「少し違った学校へいって勉強してみたい」と言い (*TB* 159) 両親を戸惑わせるエッタに、ヘスターおばさんはチャッドフォードの女子寄宿舎に行くことを提案する。エッタはそこで中西部ウィスコンシン州マディソンから来た野心的な級友ヴォリータと出会う。ヴォリータはエッタに「私は将来結婚するために生きているんじゃない。この学校を卒業したら、ウィスコンシン大学にいくつもりだ」と言い、エッタにもウィスコンシン大学に行くことを勧める（*TB* 162）。しかしソロンは「若い娘が家を離れることは良くない」と考え反対し、さらに『サッフォー』の一件もあり、ヴォリータとの交際を禁止しようとする。その結果、エッタは家出をしてウィスコンシンへ向かうことを決意する。エッタはこの家出を「別世界への扉」（*TB* 203）であると考え、なんとか実行させようとするが、ウィスコンシンでの生活資金の問題が彼女を悩ませる。しかし、その時エッタが思い出したのがヘスターおばさんの遺産であった。ヘスターおばさんはその年に亡くなっていたが、その際ソロンの三人娘に財産を残していったのだ。エッタはその遺産をあてに母のダイアモンドを売り、金を工面しウィスコンシンに向かう。娘の行為に打撃を受けたソロンだったが、結局はやむを得ずエッタの進学をみとめ、ヘスターおばさんの遺産を彼女に与える。「結婚がすべてではない」というヘスターおばさんの考え方は、遺産と共にエッタへと引き継がれ、エッタに「別世界への扉」を開かせたのだ。エッタはその後ヴォリータと共に、ウィスコンシン、さらにはグリニッジ・ヴィレッジへと移り、時代の精神を享受し、自立した女性を目指していく。

このように、バーンズ家の長男・長女・三女はヘスターおばさんの力を借りながら、時代の精神に倣った未来を目指していくことになるのだが、二女ドロシアと末っ子スチュワートは先述の三人の例とは少し異なる。二人が悩んでいたのは将来についてではなく、今現在いかにして外の華やかな世界に触れるか、だった。そして、彼らに外の世界との境界を破り、娯楽文化を知るきっかけを与えたのが、もう一人のおばさん、ソロンの従姉にあたるローダである。ローダは、パーティーに行けずダンスもしたことのないドロシアを、社交界で自分が主催する、大使の送別パーティーに誘い、他の若者たちに紹介する。ドロシアはそこで今まで着たこともないような明るい色のドレスを身につけ、初めてダンスをする。結局ドロシアはこのパーティーでのダンスで知り合った市街電車会社の有力者の息子と結婚し、華やかな生活を送ることになる。

さらにスチュワートにもローダは救いの手を差し伸べる。父の束縛のため、周りの「服飾品も彼よりずっと豪華で、父親の自家用車を自慢する」友人たちの「少なくとも土曜日には出かけていき、その料理店やアイス・クリーム店で大勢でおごったりおごられたり」（*TB* 244）する生活に加われず悶々としているスチュワートに対し、ローダは「音楽やダンス、芝居や本や映画を一体どうやって諦めることが出来るというの」と述べ（*TB* 253）、時代の精神を説く。そして、彼に秘密裡に小遣いを渡し、口裏を合わせスチュワートが土曜日に家に帰らなくても良いように計らう。その結果、スチュワートは「自動車をもち娯楽を楽しむことに真剣な当時の若者の典型」と描写される二人の級友とドライブに出かけるという、かねてからの望みを叶える。ドライブの帰り、彼は知り合った女の子の開くパーティーに招待され、そこでドロシアの場合と同様、生まれて初めてダンスを踊る。若者たちが楽しむ娯楽に加わることが出来るようになった自分を、スチュワートは「一人前になった」と感じている(*TB* 256-260)。

このように、ドロシアとスチュワートに時代の精神を享受するきっかけを与えたローダだが、ソロンの従姉でありながら彼女はソロンとは対照的な性格の人物として次のように説明されている。

ローダは人生の安楽で贅沢な面が好きだった。そのような態度は、彼女自身の家庭や彼女の知っているフレンド(クエーカー)の家庭では、多かれ少なかれ抑制されていたが、それにもかかわらず、この時期、地方のフレンドではない人々の家庭ではよくみられることであった。(*TB* 68)

そして、彼女は結婚によりクエーカーの精神から逃れたいと考え、その念願を叶え、ウォーリン家の分家の息子で医者である、シーガー・ウォーリンと結婚し、社交界で一目置かれる存在となる。生涯未婚のヘスターおばさんとは異なり、贅沢な生活のために結婚することを選択したローダだが、彼女の華やかな暮らしぶりを新聞を通して知っていたソロンは、自分と彼女の家庭には「道徳的な違い」があると考え、必要以上の関わりはもたないようにする。では何故、ローダがバーンズ家の子供たちと関わることになったのか。

実は、彼らが出会ったのはヘスターおばさんの葬式なのだ。ヘスターおばさんの葬式で、ローダはドロシアとスチュワートに目を留め、二人を社交界で紹介しようと思い付くのである。つまり、ドロシアとスチュワートの人生にもヘスターおばさんは関わり、バーンズ家の精神と時代の精神の境界を壊すきっかけに加担しているのである。

②ヘスターおばさんとは

『とりで』の中で、ヘスターおばさん自身に関する描写は意外にも次の記述のみである。

ヘスターおばさんは非常に進歩的な女性で、近代的で、とらわれない人生観をもっていた。彼女は、まだ若い娘のころから、相当な財産を管理してきたが、そういう仕事をするには、広く、多様な人々との接触が必要だった。そういうわけで、この背の高い、痩せた、活発な老婆は、ソロンや、ベネシアを相手に、彼らの子供たちの将来についてまじめに色々と話し合った。(*TB* 145)

彼女についての情報がこれだけにもかかわらず、ヘスターおばさんがバーンズ家の子供たちに対して果たした役割は大きい。では、ヘスターおばさんの存在は一体何を示しているのだろうか。

二十世紀初頭の女性像について、ウィリアム・E・ローゼンバーグは、「新しい女性たちは男性がもっているのと同じ自由と同じ経済的立場、政治的権利を欲していた。一九二〇年代の終わりには彼女たちはそのような欲求を満たすところまで来ていた。ビジネスや経済の世界において女性は男性と競うようになっていた」と説明し、時代の変化の影響を受け、新しい女性像がアメリカ社会の中にみられるようになったことを指摘している (Leuchthenburg 159)。

既に何度か言及しているが、「新しい女性」の捉え方について、ここで改めて簡単に確認をしておきたい。ベッツィ・イズリアルは、十九世紀から二十世紀にかけてアメリカ社会には様々なタイプに区分できる独身女性像がみられるようになった、と述べ、彼女らを正確に区分するのは困難であるとしながらも、「一九八〇年代から世紀転換期に掛けてみられるようになった左翼的な知識人」を「新しい女性」と呼び、「新しい可能性を象徴する女性たち」としている。そして彼女達と区別するために、その後に現れた「現代社会の流れに染まって育った女性たち」を「通俗的な (the popular)」新しい女性と呼んでいる。この「通俗的な新しい女性」には、「バワリー・ガール」や、「バチェラー・ガール」「ボヘミアン」、さらに、一九二〇年代にみられるようになった「フラッパー」などが例として挙げられているが、彼女達は「新しい女性」とは異なり、「自立を謳いながらも、何らかの形で男性に依存していた」と指摘している（Israel 114, 119）。

この指摘を参考にすると、ドライサーが描いてきた女性登場人物たちの多くは、「通俗的な新しい女性」たちであるといえるだろう。そして、そのような女性像が、ドライサーが抱く、あるいは社会にみられた、理想的女性像の対象となっている。アビーは、「ドライサーと女性（Dreiser and Women）」と題した論文の中で、ドライサーが描こうとしていた女性像は「男性の脆さや弱さを強調する」力をもった「強い女性」であり、男性の手を借りずとも生きていこうとする独身女性であったが、そのような女性の存在は「女性性があってのもの（derive from their femininity）」であり、いくら女性が男性、あるいは社会を征服したかのようにみえても、その背後には「女性性」がみられることを指摘している（Eby 156）。また、イレーネ・ガメルも、「ドライサーの主要女性登場人物たちはみな、性的役割をもつものとして描かれている。つまり、彼女たちは性的運命からは逃れられないでいるのだ」と述べ、ドライサーの描いてきた新しい女性たちは、たとえ最終的には経済的、あるいは道徳的に解放されたとしても、その過程において一旦は男性の力を必要としており、自立しているようにみえながらも、精神的には、依然男性から解放されていないと指摘している（Gammel 37）。要するに、ドライサーの描いてきた女性たちはイズリアルのいう「通俗的な」新しい女性たちであり、男性優位的な男女関係を完全に壊してはいない。むしろドライサーを含む、都市に住む男性たちが抱いていたノスタルジアを投影する「女性性」をもった女性たちであり、女性の完全なる自立に対する否定的な見解、さらには、ドライサー自身が抱いていた理想の女性像を示していると考えられる。

しかし、『とりで』に描かれたヘスターおばさんのイメージはそれとは少し異なる。彼女は生涯独身で、ドライサー作品の女性像には珍しく、性的役割、つまり女性性、について一切触れられていない。ヘスターおばさんの生きた時代は大体一八六〇年代から世紀転換期だと考えられるが、その時代背景と彼女に対する「背が高く、痩せた」という描写、その活動力からは、例えば、マーガレット・ベーコンが「結婚しなければ女でないと思われがちな社会で、非婚で生涯を終えた実務家で、痩せ型で背が高い「新しい女性」として紹介されている女性参政権運動家の代表的存在であったフェミニスト」と説明する（Bacon 227-234）スーザン・B・アンソニー（1820-1906）等の活動家の姿を思い浮かばせる。『とりで』の中に、ヘスターおばさんの政治的な関わりについての記述はないが、宗教的習慣を守るバーンズ家に対し時代の精神と女性の自立を主張し、また、株を保有することで、会社の男性取締役に意見するほどの経済的責任をもち、さらに、自らの富を新しい時代を生きる三人の女性に遺し死んでいく彼女の姿は、イズリアルのいう元祖「新しい女性」であり、その後「通俗的な新しい女性たち」が登場し、生きていく社会を作った活動家たちの姿に近いものとして捉えられる。『とりで』の中でヘスターおばさん自身に関する情報は殆ど書かれていないため断言することはできないが、経済的、精神的、道徳的いずれの面でも男性に依存せず生きてきたと考えられるヘスターおばさんが、「バーンズ家の精神」が「時代の精神」に完全に抵抗することは不可能であるということをソロンに示す役割を果たしている、という設定からは、ドライサーがこの『とりで』において、初めて、元祖「新しい女性」像を比較的肯定的に描いた、といえるだろう。

前述したように、ヘスターおばさんに関しては、その過去や、最期、彼女の人生等について詳しいことについては何も述べられていない。彼女は、ドライサーの他の女性登場人物のように魅力的な女性として描かれてはいないし、かといって、魅力的でない女性としても描かれてはいない。時代の変化を示す存在として中立的な印象を読者に与えている。このような、これまでにはみられなかった描写のされ方がなされているヘスターおばさんの姿からは、ドライサーが晩年になって、遠回しながらも、ようやく「新しい女性」の存在と、女性の自立の可能性を認めた、あるいは認めざるを得なかった、ということが読みとれるとも考えられる。しかし同時に、その中立的な描写からは、ドライサーが、決して自分の理想の女性像としてはヘスターおばさんを描いてはいない、ということもまた推測できるのではないだろうか。

3．結末にまで潜む「時代の精神」

女性にとって結婚以外の職業もあることを主張し、生涯を独身で終えた、「急進的な女性（a progressive woman）」（*TB* 145）であるヘスターおばさんの信念は、残念ながらバーンズ家の子供たちに継承されることはない。その代わりに、彼女の考え方は作品の中で、三女エッタの親友、ヴォリータの描写にみることが出来る。ヴォリータは、「経済、政治、宗教」等あらゆることに関する知識に貪欲で（*TB* 165）、「結婚するために生きているわけではない」ことを強く主張する（*TB* 162）、自立心の強い女性として描かれている。エッタにとって彼女は唯一の外の世界との接点であり、ヴォリータの影響を受け、エッタは両親の反対を押し切り、家を飛び出し外の世界へと出て行く。ウィスコンシンの大学に進学したヴォリータとエッタは、その後、二十世紀初頭当時、「創作活動の聖地」（*TB* 223）として知られていたニューヨークのグリニッジ・ヴィレッジに興味関心をもち、移転する。ヴィレッジのアパートで共同生活を始めてしばらくたった頃、エッタはそこで知り合った有望な若手画家ウィラード・ケインのモデルを務めることになり、彼に惹かれていく。次第にケインはエッタにとって「完璧な恋人」であり、彼女はケインとの結婚を望むようになる。エッタがケインとの恋愛に傾倒するようになったある時、兄オーヴィルに彼女とケインとの関係が知られてしまう。エッタを訪ねたオーヴィルは彼女にケインとの関係を問いただし、「バーンズ家の人々に恥をかかせる気か」と責めるが、エッタはそこで、「世間が何と思おうが関係ない。私は私の道を生きるのだ」と言い返している（*TB* 237）。しかし、結局その後、画家としての大成を最優先に考えるケインはエッタから離れ西部へと旅立ち、彼との結婚というエッタの望みは叶わないまま終わるのである。失意のうちにいるエッタのもとに、追い打ちをかけるかのように、弟スチュワートの逮捕、そして自殺についての知らせが届き、エッタは絶望のどん底へと落とされる。

これら一連の出来事と、エッタの様子を見ていたヴォリータは、何とか彼女を救い出そうとするが、結局ニューヨークで、「彼女はキャリアを追う道を選んだが、エッタはもっと個人的な、恋愛と結婚に人生をささげる、女性になる道（becoming a woman）を選んだのだ」（*TB* 311）という結論に至り、エッタに故郷へ帰ることを勧め、エッタもそれに従うのである。生涯独身でキャリアを追うことを決めているヴォリータは、ヘスターおばさんを彷彿とさせ、イズリアルの言う元祖「新しい女性」像を示していると考えられるが、一方で、エッタは、女性性を棄てきれてはいない「通俗的な新しい女性」像として描かれていることがわかる。彼女は当初、「バーンズ家の精神」を断ち切り、田舎から都市へと進出し、自立を目指す女性として生きていくかのように見えたが、結局、物語の結末では生まれた地ドックラへと戻り、父親の看病に徹し、その最期を見届ける役割を果たすのだ。キャリーが田舎との絆を「断ち切る」ことが出来なかったのと同じように、エッタもまた、「バーンズ家の精神」を断ち切ることは出来なかったのである。

子供たちとの疎遠、スチュワートの殺人関与と逮捕、それによるスチュワートの自殺、さらに、最愛の妻の死という悲劇に直面したソロンは、その悲劇を自分の富の蓄積にあると思い込み、改めて信仰心を見直し、世俗社会から完全に離れることを決意する。世捨て人となったソロンは同時に重い病を患い、森に籠ったまま生涯を終える。ソロンが世俗社会から離れ森へと籠ることを決意した、第六十一章以降、物語は急速に宗教色の強いものへと様相を変えていく。例えば、ソロンの手の届かない世界へと出て行ってしまったかのように思われた三女エッタが戻り、献身的な看病のなか、病床の父に、幼少期自分が読んでもらっていたジョン・ウルマン（アメリカのクエーカーの伝道師）の『日記』を朗読しながら心打たれている描写があるかと思えば（*TB* 327–331）、ソロンとは対照的な世俗的な生活を送っていたローダが死を目前としたソロンのもとに見舞いにやって来て、「何年振りかにクエーカー独特の言葉使いを使って」ソロンを励まし（*TB* 326）、ソロンの信仰心を称える描写もみられる。

死の直前には、ソロンがエッタに、屋敷に掛けてあった黄金の格言を自分の側にもってくるように言う場面もある。そこには「敬意をもってお互いを尊重すべし（In honor, preferring one another）」という言葉が書かれており、ソロンはそれをエッタに向かって「これこそが我が家系の精神だ」（*TB*

333）と説く。富や娯楽などが存在する外の世界を頑なに否定し死んでいくソロンが、最後の最後に自身の精神だといって掲げた格言、娯楽的なものが一切見られない場所で、時代の精神と対立する「バーンズ家の精神」として掲げられるこの格言は、ロマ書第十二章第十節[3]の引用であり、『とりで』の結末に宗教的な色合いを持たせる役割を果たしている。

作品の結末に描かれたこれらの描写——父に尽くすエッタの様子やローダの態度、クエーカー教の教義への肯定的な言及、そして、死の床でソロンが掲げる格言など——を理由として、『とりで』は、先述したように、晩年におけるドライサーの人生観の変化を示した作品としてみなされることが多い。確かに、『とりで』の結末は、ドライサーの他の作品に比べ、宗教色は強いといえる。しかし、ここで注目したいのは、最後に掲げる格言が書かれた額縁をソロンが手に入れたのは、実は、ヘスターおばさんが死んだ日だということである。ヘスターおばさんの死の知らせを受けたソロンがベネシアを慰めるべく購入したのがこの格言なのだ。ドライサーは作品の結末で、ソロンにその格言を掲げさせることで、再びここで読者にヘスターおばさんの存在を思い出させているのである。作品の結末は一見、娯楽的要素が一切排除され、ソロンの信仰心のみが描かれているようであるが、実はドライサーはヘスターおばさんを用いて最後まで時代の精神の影響力を潜ませているのだ。キャリーが田舎との絆を「断ち切る」ことが出来なかったように、そして、エッタが「バーンズ家の精神」との絆を断ち切ることが出来なかったのと同じように、ソロンは世俗社会、「時代の精神」との絆を「断ち切る」ことが出来なかったのである。そのように考えると、ドライサーの最晩年の作品である『とりで』の結末にも、形は若干違うとはいえ、『シスター・キャリー』から一貫して描かれてきた、「都市」的価値観と「牧歌的」価値観の相克関係が描かれているといえるだろう。

ドライサーは『とりで』の中で、エッタを男性から完全に独立した「新しい女性」として描きはしなかった。バーンズ家を飛び出し都会での自立を目指したエッタを、ドライサーは、結局バーンズ家に帰らせ、ソロンを最後まで見守る献身的な娘として描いたのである。エッタに示されたのは、ドライサーが描いてきた他の女性主人公と同様、女性性を棄てきれない女性像で、ドライサー自身が抱いていた女性に対する理想像だと考えられるだろう。しかし、『とりで』においてドライサーは、彼の作品の中では異色な、生涯独身で自立を成し遂げた中年女性、ヘスターおばさんを登場させ、時代の流れの変化とともに現れた元祖「新しい女性」の存在もまたありのままに示したのだ。そのように考えると、『とりで』は、晩年におけるドライサーの宗教的な人生観の変化を示す作品というよりも、むしろ晩年において改めて合理的に時代の変化を捉え、ありのままを描こうとした自然主義作家ドライサーの姿がみられる作品であると捉えることが出来るのではないだろうか。

註

（1）クエーカー教会（Society of Friends, あるいは Friends Church と作中で表記される）とは、日本では「キリスト友会」として知られている、十七世紀半ばにイギリスで結成された、キリスト教プロテスタントの一派である。クエーカーという名称は、クエーカー教の始祖とされるジョージ・フォックス（George Fox 1624–1691）により使われた言葉で、フォックスの手記に依ると「私たちが神の言葉でわが身を震わせた故にクエーカーと呼んだ」という。神は万物の創造主であって、神の意志はイエス・キリストを通じてこの世に現され、「内なる光（Inward Light）」としてすべてのクエーカー教徒に宿っていると信じられている。決まった教義はないが、信仰を生活の中で実践することが大切だと考えており、生活はなるべく「簡素」に、一切の差別をなくし、「平等」な社会をめざし、非暴力による積極的な「平和」をつくり出すことを心掛けているといわれている（日本キリスト友会ＨＰ参照　http://www.kirisutoyuukai.org/ 最終アクセス二〇二四年九月四日）。

（2）クライドの父親も厳格なルター派キリスト教徒である。宗教の教義と時代の精神の対立が親子間に隔たりをもたらすという問題にドライサーが以前から関心をもち、描いていたことがわかる。これは、ドライサー自身とその父親との関係が影響しているとも考えられる。

（3）Be devoted to one another in love. Honor one another above yourselves. (Romans 12:10 NIV)［兄弟愛をもって心から互いに愛し合い、尊敬をもって互いに人を自分よりまさっていると思いなさい。（「ローマ人への手紙」第十二章十節）］

おわりに

ドライサーによって書かれた長編作品をすべて読んできて、思うことがある。ドライサーが描いた数多の女性の中で、彼の理想に最も近いのは、ベレニスに違いない。

『エロティック・アメリカ――ヴィクトリアニズムの神話と現実』の第五章「ヴィクトリアン・タブーへの挑戦」で、著者である大井浩はドライサーを取り上げ、「キャリーの生みの親である小説家ドライサー自身もまた「あまりにも衝撃的」な道徳の破壊者、公序良俗の紊乱者だった」（大井 140）と述べ、ドライサーの性の冒涜者ぶりを、特に親密な関係のあった三人の女性とのエピソードを紹介しながら明かしている。そして、ドライサーと関係をもっていた女性たちは、性革命以前のアメリカ社会で「性的タブーに反逆するグールーとしての小説家ドライサーの指導のもとで、ヴィクトリアン・アメリカの十九世紀的な規範や価値から見事に解き放たれた自由で新しい女性に生まれ変わった」と締めくくっている。大井の記述を参考にすれば、確かにドライサーは自分の気に入った女性たちと、所謂、世間の目を気にすることもなく、自由に交際し、彼女たちを性的タブーから解放させたことが想像できる。しかし、大井が「グールー」という言葉を使っていることからも推測できるように、実際ヴィクトリア朝的道徳感に背いていたのはドライサー自身の性的嗜好とそれに忠実な性生活であり、ドライサーは女性たちを自分の支配下に置き、自分に依存させることで満足していたように思われる。そのように考えると、ドライサーの下にいた女性たちは、確かに自由で新しい女性ではあるものの、「自立を謳いながらも何らかの形で男性に依存していた」、「通俗的な新しい女性」たちだったといえるだろう。そしてそれは、前章までに筆者が論じてきたように、キャリーから始まり、ジェニー、ベレニス、その他、ドライサーが描いてきた女性登場人物たちの姿と一致する。特に、一見新しい価値観と目的をもち、自らの意志で行動しているようにみえながら、男性の力に依存しているベレニスは、（そして、彼女の若さと美しさの描写からも）まさにドライサーがその支配下に置くことを願っていたタイプの女性に思えてならない。

ドライサーの描く女性像を追っていくと、完全なる女性の自立の達成を志した元祖「新しい女性」のイメージが、二十世紀転換期におけるアメリカ社会で、特に都市で暮らす人々に、もろ手を挙げて受け入れられたわけではない、ということが推測され、そしてその背景には、人々の、失ったものへのノスタルジアがあったからだということを読みとることができる。「新しい女性」を描いた作家の先駆け的存在として認識されているドライサーが、じつは、その「新しい女性」像に肯定的な見解をもっていたわけではない、ということは、なかなか興味深いことではないだろうか。

大都市が出現した十九世紀後半から二十世紀転換期のアメリカで、「パストラリズム」という言葉は、ヨーロッパ諸国におけるそれとはまた異なった意味を包含していた。アメリカ人、特に都市生活を送る人々にとって、「パストラル」とは、アルパースの言葉を借りれば、「(都市にはない)無垢さと幸福についての探求」であり、「都市生活に対する反抗が原動力となる」もので、そして、「田舎での生活環境における一般的な体験を傍観する手段」だった(Alpers 437)。つまり、アメリカ社会にみられた「パストラリズム」とは、自然に対する憧憬であり、物に溢れ、金銭がものをいい、誘惑と裏切りが蠢いているかのような当時のアメリカ都市社会の中で創られた幻想だったといえるだろう。そして、人々はそれが幻想であることをどこかでわかっていながらも、「理想」として、何かに体現化させようとした。一九〇〇年という、まさに世紀転換期に発表されたドライサーの処女作『シスター・キャリー』に対する当時の酷評は、都市化する社会の中で、失われつつある保守的・牧歌的な価値観を人々が捨てきることが出来ずにいたことを、さらには、それら価値観を女性の中に求めていたことを、如実に表している。人々はキャリーを「反道徳的」な女性として捉えたかもしれないが、そのキャリーにも、実のところ、その生みの親であるドライサー自身のノスタルジアと女性に対する理想が投影されていた、と考えることは出来ないだろうか。

本書で取り上げたドライサーによる長編作品はすべて、何らかの形で都市化するアメリカ社会を描いているが、すべての物語の中で、都市社会を生きる男性登場人物が魅了される女性は「若くて」「素朴で」「洗練されていない」美しさをもっており、都市とは二項対立関係にある田舎、あるいは自然を感じさせる存在となっている。『シスター・キャリー』でドルーエは、田舎から出てきたばかりのキャリーの中に潜む、都会の女にはない素朴な美しさを見出しているし、ハーストウッドもキャリーの「青春の輝きと素朴さ」と、彼女のもつ、「農村の空気と田舎の日の光」に惹かれている。キャリーの背後に見え隠れする田舎の面影は、作品を通して消されることなく、むしろ、彼女の魅力の一つとなって最後までキャリーのイメージの一部として描かれていた。そして、キャリーに表象された田舎に対するノスタルジアは、より実態的なイメージとなって『ジェニー・ゲアハート』のジェニーに示される。レスターがジェニーの「自分の周りには見ることが出来ない」「花のような」美しさに惹かれていることからもわかるように、ジェニーは、都市に淘汰される牧歌を象徴すると同時に、失われつつある牧歌に対するノスタルジアが作り出した理想像もまた象徴している。ジェニーに対するドライサーの肯定的なまなざしからは、ジェニーがドライサーを含む、当時の都市社会を生きる男たちの、女性に対する理想を示していることが推測されるだろう。ドライサーの理想の女性像は、男性を主人公とする作品においてー層顕著となる。実在した悪徳資本家をモデルにした男性主人公クーパーウッドの女性変遷を描いた「欲望三部作」でクーパーウッドは、最愛の愛人となるベレニスの、十代という若さと、「小鳥や、雛鳥が草原や天空から来る世界」を体現するような美しさが、彼を取り巻く「レンガや数字の世界」にはないものであると感じ、その虜となっている。そして、三部作最後の『禁欲の人』では、ベレニスを自立した女性のようにみせながら、男性の力を頼りに生きる女性、として描き、彼女を、都市社会を生き抜いたクーパーウッドの「理想」として提示しているのだ。ノスタルジアにより創られた理想の女性像は、『天才と呼ばれた男』の主人公ユージーンと、彼に振り回される妻アンジェラの関係の中にもみてとれる。ユージーンは、都市での生活の中で出会った、先進的な女性たちとしばしば浮気をするが、彼女たちがユージーンの意のままにはならないことに気が付くと、アンジェラに戻り、彼女の「洗練されていない」美しさの魅力を再確認し、自分の支配下に置けることに安心感を抱く。結局、都市で成功をした男たちは、成功の代償として失った、牧歌的な価値観、都市と対極にある牧歌への憧れを捨てきることが出来ず、それらを女性の中に求め、自分のものとすることを望むのである。都市に生きる人々の牧歌に対するノスタルジアが、「若く」て「素朴」で、「洗練されておらず」、しかも自分に従順である、という理想の女性像を創り出した、と考えることが出来るだろう。

ドライサーの描く女性たちについて、吉野成美は著書のなかで「結婚制度そのものを疑問視するドライサーの手にかかれば、キャリー・ミーバーからロバータ・オルデンまで、ヒロインは皆、結婚を最終手段として選択するという可能性を最初から排除された状態で置かれたうえで描かれていく」と述べ、「ドライサーはまた、こういった女性たちが男性との、いわゆる「結婚を前提としない」性的関係をもつことで、社会的に不安定な身分に置かれることになるということにも敏感である」と述べている（吉野186）。確かに、興味深いことに、本書で取り上げたドライサーの長編作品の中で子供を出産する女性は非常に少ない。子供を産んだとしても、ジェニーのようにシングルマザーとして育てる以外選択肢はない状況におかれる、あるいは、アンジェラのように出産と同時に命を落とす、など、出産は決して女性にとっての幸せとしては描かれていない。それは吉野が指摘するように、「妊娠という可能性そのものを封印せずして」女性の「成功はあり得ない」（吉野186）、ということを示唆しているのかもしれない。しかし、本章の冒頭に記した、ドライサー自身のプライベートでの女性関係を鑑みると、その裏にはドライサーの抱く、社会規範に縛られないことで可能になる、新しい男女関係、つまり、社会規範に縛られずに自由に女性を自分の支配下に置ける関係への幻想があるのではないか、とも思うのだ。

「新しい女性」像を積極的に描いた小説家として知られているドライサーだが、彼が描いたのは、ヴィクトリア朝的道徳感からは解放されながらも、依然何らかの形で男性に頼って生きている、「通俗的な新しい女性」であった。ドライサーが自身の女性登場人物たちを通して描いたのは、先進的な女性のイメージではなく、二十世紀転換期のアメリカ都市社会にみられた、女性に対する「新しい理想女性像」なのだ。若くて、純粋で、洗練されていない美しさをもった女性たちこそ、都市社会の中で、ノスタルジアを抱いていたドライサーが常に求めていた理想の女性であり、自分の支配下に置きたいと願う対象だったのである。自身も都市社会に生きたドライサーは、二十世紀転換期のアメリカ自然主義文学の代表として知られる一方で、実は、自身の好みの女性たちを生涯描き続けた小説家でもあったのである。そして、彼の描いた女性像は、その後のアメリカ社会に定着していった「(新しい) 理想女性像」にも繋がっていくといえよう。

初出一覧

はじめに　書き下ろし

第1章　“*Sister Carrie*: A Shadow of the County in the City” *Urban Pastoralism in Theodore Dreiser's Works*. 名古屋大学大学院国際言語文化研究科、二〇一四年、二一―五〇頁。

第2章　「*Jennie Gerhardt* における自然空間の二面性――ジェニー像が示す「都市化する自然」と「牧歌的自然」」『名古屋アメリカ文学・文化』創刊号、名古屋大学アメリカ文学・文化研究会、二〇一二年、一―一六頁。

第3章　「*The Financier*, *The Titan* における「都市」と「牧歌」――クーパーウッドを巡る女性像の変化が示すもの――」『多元文化』第一三号、名古屋大学大学院国際言語文化研究科、二〇一三年、二一―三六頁。

第4章　「*The "Genius"* における「都市」と「牧歌」の描かれ方」『名古屋アメリカ文学・文化』第二号、名古屋大学アメリカ文学・文化研究会、二〇一三年、二七―四二頁。

第5章　「*An American Tragedy* における湖の描写――都市化の影響を受ける地方社会」『中部アメリカ文学』第一五号、日本アメリカ文学会中部支部、二〇一二年、一―一七頁。

第6章　"*The Stoic* からみる Dreiser の自然主義ロマンス——対照的な二人の女性登場人物を通して」『英文学研究』支部統合号　第一二号、日本英米文学会、二〇二〇年、一一—二二頁。

第7章　"The Rise of Urbanization in Theodore Dreiser's *The Bulwark* - The Spirit of the Times vs. the Spirit of the Barnes Home"『愛知文教大学比較文化研究』第一三号、愛知文教大学、二〇一四年、一—一七頁。

おわりに　書き下ろし

あとがき

本書は、二〇一四年に名古屋大学大学院国際言語文化研究科に提出した博士論文、*Urban Pastralism in Theodore Dreiser's Works* の内容が土台となっている。大幅な加筆修正とともに、博士論文では扱うことが出来なかった『禁欲の人』(本書第6章)についての論考を加えた。学位授与からちょうど十年の年に、ドライサーが生涯に書いた長編小説全八作品を取り上げ、研究成果として形にすることが出来たことを嬉しく思う。

博士論文の執筆から、今回単著を刊行するに至るまで、多くの方々にお世話になった。まず、名古屋大学大学院時代の指導教官である長畑明利先生には、研究手法の基礎から、論文の書き方、学会での発表の仕方に至るまで、研究者として多くのことをご指導頂いた。博士論文提出後も、研究者としてのさまざまな相談にのって頂き、これまで本当に多くのことを教わってきた。改めて心からの感謝をお伝えしたい。博士論文の副査をしてくださった、マーク・ウィークス先生、また、当時院生だった私の拙い研究発表に建設的なご意見を下さり、学会の懇親会などで相談にのっていただいた、日本アメリカ文学会中部支部の先生方にも深く感謝申し上げたい。お酒を酌み交わしながら励ましてもらったあの時間が無かったら、私は論文執筆の途中で挫折していたに違いない。そして、当時同じ研究室で学んだ院生の皆さまに対しては、苦楽を共にし、貴重な時間を共有できたことを有難く思うと共に、今日まで続く親交に深く感謝している。

日本におけるドライサー研究を概観すると、これまで刊行されたドライサーの研究書は数えるほどで、アメリカ文学研究において決して人気の高い作家とはいえないと思う。一九八七年に出版された、村山淳彦先生著の『セオドア・ドライサー論：アメリカと悲劇』（南雲堂）が、おそらく最近まで日本国内で比較的入手しやすい唯一の研究書であった。村山先生は、二〇二二年にご自身二冊目のドライサー研究書となる『ドライサーを読み返せ：甦るアメリカ文学の巨人』（花伝社）を刊行されている。これはちょうど私が、本書の執筆に取り組んでいる最中のことで、僭越ながらも、村山先生のご活躍は大きな刺激となった。また、村山先生がきっかけで入会した新英米文学会では、貴重な出会いもあった。後藤史子先生、渡邊真由美先生には、数少ないドライサー研究の先輩として多くのご指導を賜った。先生方との議論を通して気が付くことが出来たドライサーの魅力もたくさんある。ここに深くお礼を申し上げたい。

そして、金沢大学文学部時代、卒業論文の研究対象として私に、当時も決して学生から「人気がある」とはいえないドライサーを勧めて下さった、本間武俊先生。先生の一言が無ければ、ドライサーを研究している今の私はなかっただろう。それから、進学先の信州大学大学院で、修士論文執筆にあたってのご指導、博士課程進学への後押しをしてくださった杉野健太郎先生。お二人の先生方にもあらためて心から感謝の意を表したい。

本書の出版にあたり、現代図書の野下弘子さんに大変お世話になった。出版を逡巡している私に定期的に連絡をくれ、図書出版に関して全くの無知である私に様々なご助言をくださった。心からお礼を申し上げたい。また、野下さんを私に紹介して下さった柳沢秀郎先生にも感謝している。

最後に、人生を自由に歩ませてくれ、どんな時も前向きな励ましをしてくれた両親、離れて暮らしていても常に支えとなってくれていた妹に、言葉に出来ないほどの感謝をもって本書を捧げたい。

二〇二四年十一月　極寒の冬を目前にした本州最北の地にて

土屋　陽子

■著者略歴

土屋 陽子（つちや ようこ）

長野県生まれ。青森県在住。
名古屋大学大学院国際言語文化研究科博士後期課程満期退学。博士（文学：名古屋大学）。
現在、弘前大学教育学部英語教育講座准教授。

専門はアメリカ文学、特にセオドア・ドライサーを中心に、19世紀末から20世紀初頭にかけての、リアリズム、自然主義文学を研究対象としている。著書に『路と異界の異界の英語圏文学』（大阪図書出版）（共著）、訳書に『病のアンソロジー』（平凡社ライブラリー）（共訳）など。

ドライサーの描いた女性と自然　消費社会下に創られた理想女性像

2025年3月31日　初版第1刷発行

著　者　　土屋 陽子
発行者　　池田 廣子
発行所　　株式会社現代図書
〒252-0333　神奈川県相模原市南区東大沼2-21-4
TEL　042-765-6462　　FAX　042-765-6465
振替　00200-4-5262
https://www.gendaitosho.co.jp/
発売元　　株式会社星雲社（共同出版社・流通責任出版社）
〒112-0005　東京都文京区水道1-3-30
TEL　03-3868-3275　　FAX　03-3868-6588
印刷・製本　株式会社アルキャスト

ISBN978-4-434-35573-8 C3098
Printed in Japan

索　引

引用／参考文献一覧

Alpers, Paul. "What Is Pastoral?" *Critical Inquiry* 8, 1982, pp.437-460.

Arnavon, Cyrille. "Theodore Dreiser and Painting." *American Literature* 17, 1945, pp.113-126.

Asselineau, Roger. "Theodore Dreiser's Transcendentalism." *English Studies Today, Second Series* 11, 1961, pp.233-246.

Bacon, Margaret. *Mother of Feminism: The story of Quaker Women in America.* Harper Collins, 1986.

Bellow, Saul. "Dreiser and the Triumph of Art." *Commentary* 11, 1951, pp.502-503.

Bloom, Harold. Ed. *Theodore Dreiser's "An American Tragedy."* Chelsea House Publishers, 1988.

Boym, Svetlana. *The Future of Nostalgia*. Basic Books, 2001.

Bronte, Charlote. *Jane Eyre*. 1847. Rpt. edited by Margaret Smith, Oxford World's Classics, 2008.

Brown, Carroll T. "Dreiser's *Bulwark* and Philadelphia Quakerism." *Bulletin of the Friends Historical Association* 35, 1946, pp.52-61.

Cassuto, Leonard. "A Life Driven by Desire." *The Wall Street Journal*, 4th. May. 2012.

Campbell, Charles L. "*An American Tragedy* or Death in the Woods." *Modern Fiction Studies* 15, 1969, pp.251-259.

Christine, Boyer M. *Manhattan Manners: Architecture and Style, 1850-1900.* Rizzoli International, 1985.

Chudacoff, Howard P. *The Age of the Bachelor: Creating an American Subculture.* Princeton UP, 1999.

Davidson, Cathy N., and Arnold E. Davidson. "Carrie's Sisters: The

Popular Prototypes for Dreiser's Heroine." *Modern Fiction Studies* 23, 1997, pp.395-407.

Davis, David Brion. "Dreiser and Naturalism Revisited." *The Stature of Theodore Dreiser,* edited by Alfred Kazin and Charles Shapiro, Indiana UP, 1955, pp.225-236.

Dreiser, Helen. *My Life with Dreiser.* World Publishing, 1951.

Dreiser, Theodore. *An American Tragedy*. 1925, Rpt. New American Library, 1981.

—. *The Bulwark*. Doubleday and Company, 1946.

—. *Dawn*. Horace Liveright, 1931.

—. *Dreiser-Mencken Letters: The Correspondence of Theodore Dreiser and H.L. Mencken.* edited by Thomas P. Riggio, 2 vols., U of Pennsylvania P, 1986.

—. *The Financier.* 1912. Rpt. Indi-European P, 2012.

—. *The "Genius."* 1915. Rpt. Boni and Liveright, 1928.

—. "I Find the Real American Tragedy." *Mystery Magazine* 1935, *Theodore Dreiser. A Selection of Uncollected Prose,* edited by Donald Pizer, Wayne State UP, 1977, pp.88-90.

—. *Jennie Gerhardt.* 1910. Rpt. Penguin, 1989.

—. *The Living Thoughts of Thoreau, Presented by Theodore Dreiser.* Longmans, 1939.

—. *Selected Magazine Articles of Theodore Dreiser: Life and Art in the American 1890s.* edited by Yoshinobu Hakutani, Farleigh Dickinson UP, 1985.

—. *Sister Carrie*. 1900. Rpt. 2nd ed., edited by Donald Pizer, Norton, 1991.

—. *The Stoic.* Doubleday and Company, 1947.

—. *Theodore Dreiser: A Selection of Uncollected Prose.* edited by Donald Pizer, Wayne State UP, 1977.

——. *The Titan*. 1914. Rpt. Signet, 1965.

——. *Tragic America*. Horace Liveright, 1931.

——. "A Traveler at Forty." *Americans in Paris: A Literary Anthology*, edited by Adam Gopnik, The Library of America, 2004.

Eby, Clare Virginia. *Dreiser and Veblen, Saboteurs of the Status Quo*. U of Missouri P, 1988.

——. "Dreiser and Women." *The Cambridge Companion to Theodore Dreiser*, edited by Leonard Cassuto and Clare Virginia Eby, Cambridge UP, 2004, pp.142-159.

Edgar, Pelham. "American Realism. Sex and Theodore Dreiser." *The Art of the Novel*, Macmillan, 1933, pp.244-254.

Elias, Robert. "Theodore Dreiser and the Tragedy of the Twenties." *Prospects* 1, edited by Jack Salzman and Burn Franklin, 1975, pp.9-16.

Erdheim, Cara Alana. "Is There a Place for Ecology in *An American Tragedy*?: Wealth, Water, and the Dreiserian Struggle for Survival." *Studies in American Naturalism*, 2008, pp.3-21.

Fiedler, Leslie. *Love and Death in the American Novel*. Rev., Stein and Days, 1982.

Fisher, Philip. *Hard Facts: Setting and Form in the American Novel*. Oxford UP, 1985.

Fishkin, Shelly Fisher. "Dreiser and the Discourse of Gender." *Theodore Dreiser Beyond Naturalism*, edited by Miriam Gogol, New York UP, 1995, pp.1-30.

Fishman, Robert. "Introduction." *Bourgeois Utopias: The Rise and Fall of Suburbia*, Basic Books, 1987, pp.3-18.

Franz, Eleanor W. "The Tragedy of the 'North Woods'." *New York*

Folklore Quarterly 4, 1948, pp.85–97.

Gammel, Irene. "Sexualizing the Female Body: Dreiser, Feminism, and Foucault." *Theodore Dreiser Beyond Naturalism*, edited by Miriam Gogol, New York UP, 1995, pp.31–51.

Gelfant, Blanche H. "What More Can Carrie Want? Naturalistic Ways of Consuming Women." *The Cambridge Companion to Realism and Naturalism*, edited by Donald Pizer, Cambridge UP, 2004, pp.178–210.

Gerber, Philip L. "The Financier." *A Theodore Dreiser Encyclopedia*, edited by Keith Newlin, Greenwood, 2008, pp.134–138.

——. "The Financier Himself: Dreiser and C. T. Yerkes." *PMLA* 88, 1972, pp.112–121.

——. "The Alabaster Protégé: Dreiser and Berenice Fleming." *American Literature* 43 (2), 1971, pp.217–230.

Gifford, Terry. *Pastoral, the New Critical Idiom*. Routledge, 1999.

Gogol, Miriam. "Self-Sacrifice and Shame in *Jennie Gerhardt*." *Dreiser's Jennie Gerhardt: New Essays on the Restored Text,* edited by James L. W. West III, U of Pennsylvania P, 1995, pp.136–146.

Hakutani, Yoshinobu, Ed. *Theodore Dreiser and American Culture: New Reading*. U of Delaware P, 2000.

——. "Sister Carrie and the Problem of Literary Naturalism." *Twentieth Century Literature* 13, 1967, pp.3–17.

——. *Theodore Dreiser, Art, Music, and Literature, 1897–1902*. U of Illinois P, 2001.

——. *Young Dreiser: A Critical Study*. Farleigh Dickinson UP, 1980.

Hardy, Thomas. *Tess of the d'Urbervilles*. 1891. Rpt. Macmillan, 1997.

Hochman, Barbara. "A Portrait of the Artist as a Young Actress:

The Rewards of Representation in *Sister Carrie*." *New Essays on* Sister Carrie, edited by Donald Pizer, Cambridge UP, 1991, pp.43-64.

Horwitz, Howard. *By the law of Nature: Form and Value in Nineteenth-Century America*. Oxford UP, 1991.

Howard, June. *Form and History in American Literary Naturalism.* U of North Carolina P, 1985.

Humma, John B. "*Jennie Gerhardt* and the Dream of the Pastoral." *Dreiser's Jennie Gerhardt. New Essays on the Restored Text,* edited by James L. W. West Ⅲ, U of Pennsylvania P, 1983.

Hussman, Lawrence E., Jr. *Dreiser and His Fiction: A Twentieth-Century Quest*. U of Pennsylvania P, 1995.

Hutchisson, James M. "The Revision of Theodore Dreiser's Financier." *Journal of Modern Literature* 20, 1996, pp.199-213.

Israel, Betsy. *Bachelor Girl: 100 Years of Breaking the Rules: A Social History of Living Single.* Harper Collins, 2002.

Kazin, Alfred, and Charles, Shapiro, Ed. *The Stature of Theodore Dreiser: A Critical Survey of the Man and His Work.* Indiana UP, 1955.

Keats, John. "Ode on a Grecian Urn." *Poetic Works. 1884. Bartleby.com: Great Books Online,* edited by Steven van Leeuwen. <http://www.bartleby.com/126/41.htm> 05. Aug. 2012.

Kwiat, Joseph J. "Dreiser's *The 'Genius'* and Everett Shinn, the 'Ash-Can' Painter." *PMLA* 67, 1952, pp.15-31.

Lane, Lauriat, Jr. "The Double in *An American Tragedy*." *Modern Fiction Studies* 12, 1966, pp.213-220.

Lears, Jackson. "Dreiser and the History of American Longing." *The Cambridge Companion to Theodore Dreiser*, edited

by Leonard Cassuto and Clare Virginia Eby, Cambridge UP, 2004, pp.63-82.

Lehan, Richard. "Dreiser's *An American Tragedy*: A Critical Study." *College English* 25, 1963, pp.187-193.

—. *His Works and His Novels.* Southern Illinois UP, 1969.

—. "*Sister Carrie*: The City, the Self, and the Model of Narrative Discourse." *New Essays on* Sister Carrie, edited by Donald Pizer, Cambridge UP, 1991, pp.65-86.

Leuchthenburg, William. E. *The Perils of Prosperity:1914-1932*. U of Chicago P, 2010.

Libbey, Laura Jean. *Pretty Madcap Dorothy; or How She Won a Lover, A Romance of the Jolliest Girl in the Gook-Bindery, and a Magnificent Love Story of the Life of a Beautiful, Willful New York Working Girl.* Arthur Westbrook, 1891.

Lindborg, Mary Anne. "Dreiser's Sentimental Heroine, Aileen Butler." *American Literature* 48, 1977, pp.590-596.

Lynn, Kenneth. *The Dream of Success: A Study of the Modern American Imagination*. Little Brown, 1955.

Machor, James L. "Pastoralism and the American Urban Ideal: Hawthorne, Whitman, and the Literary Pattern." *American Literature* 54, 1982, pp.329-353.

Marx, Leo. *The Machine in the Garden. Technology and the Pastoral Ideal in America.* Oxford UP, 1964.

—. "Pastoralism in America." *Ideology and Classic American Literature,* Cambridge UP, edited by Sacvan Bercovitch 1987, pp.36-69.

Matthiessen, F.O. *Theodore Dreiser*. William Sloane, 1951.

—. "God, Mammon and Mr. Dreiser; A Posthumous Novel of Man's Search for Meaning in a World without Faith." *The*

New York Times, 24 Mar. 1946.

Michaels, Walter Benn. "*An American Tragedy*, or the Promise of American Life?" *Representations* 25, 1989, pp.71-98.

Mookerjee, R. N. "Dreiser's Use of Hindu Thought in *The Stoic*." *American Literature* 43 (2), 1971, pp.273-278.

Moulton, Phillips P. "The Influence of the Writing of John Woolman." *Quaker History* 60, 1971, pp.3-13.

Newlin, Keith. Ed. *A Theodore Dreiser Encyclopedia.* Greenwood Press, 2008.

Orvell, Miles. "Dreiser, Art, and the Museum." *The Cambridge Companion to Theodore Dreiser*, edited by Leonard Cassuto and Clare Virginia Eby, Cambridge UP, 2004, pp.127-141.

Overland, Orm. "The Inadequate Vehicle: Dreiser's Financier 1912 -1945." *American Studies in Scandinavia* 4, 1971, pp.18-38.

Peiss, Kathy. *Cheap Amusement: Working Women and Leisure in Turn-of-the-Century.* Temple UP, 1986.

Perrins, Christopher. *The Encyclopedia of Birds*. Oxford UP, 2009.

Pinion, F.B. *Thomas Hardy: Art and Thought*. Macmillan, 1977.

Pitofsky, Alex. "Dreiser's *The Financier* and the Horatio Alger Myth." *Twentieth-Century Literature* 44, 1998, pp.276-290.

Pizer, Donald. Ed. *The Cambridge Companion to American Realism and Naturalism.* Cambridge UP, 1997.

—. Ed. *Critical Essays on Theodore Dreiser*. Boston: G.K. Hall and Co., 1981.

—. "Dreiser and the Naturalistic Drama of Consciousness." *Journal of Narrative Technique* 21, 1991, pp.202-211.

—. "Dreiser's Critical Reputation." *Theodore Dreiser's Web Source*. U of Pennsylvania Web., <http://www.library.upenn.edu/collections/rbm/dreiser/> 18. Jan. 2014.

——. "Introduction." *New Essays on Sister Carrie,* edited by Donald Pizer, Cambridge UP, 1991, pp.1–22.

——. *The Novels of Theodore Dreiser: A Critical Study*. U of Minnesota P, 1976.

——. Richard W. Dowell, and Frederic E Rusch., Ed. *Theodore Dreiser; A Primary and Secondary Bibliography*. G.K. Hall, 1975.

——. Ed. *Theodore Dreiser Recalled.* Clemson UP, 2017.

Richman, Sidney. "Theodore Dreiser's *The Bulwark*: A Final Resolution." *American Literature* 34, 1962, pp.229–245.

Riggio, Thomas P. "Carrie's Blue." *New Essays on Sister Carrie,* edited by Donald Pizer, Cambridge UP, 1991, pp.23–42.

——. "Dreiser and the Uses of Biography." *The Cambridge Companion to Theodore Dreiser,* edited by Leonard Cassuto and Clare Virginia Eby, Cambridge UP, 2004, pp.30–46.

Salzman, Jack. Ed. *Theodore Dreiser: The Critical Reception*. David Lewis, 1972.

——. "The Curios History of Dreiser's *The Bulwark*." *Proof III*, 1973, pp.21–61.

Seguin, Robert. "The Burden of Toil: *Sister Carrie* as Urban Pastoral." *Around Quitting Time. Work and Middle-Class Fantasy in American Fiction,* Duke UP, 2001.

Shapiro, Charles. *Theodore Dreiser: Our Bitter Patriot.* Southern Illinois UP, 1962.

Sherman, Stuart P. "The Barbaric Naturalism of Mr. Dreiser." *The Stature of Theodore Dreiser*, edited by Alfred Kazin and Charles Shapiro, Indiana UP, 1955.

Shulman, Robert. *Social Criticism and Nineteenth-Century American Fictions.* U of Missouri P, 1995.

Stenerson, Douglas C. "Some Impressions of the Budda: Dreiser and Sir.Edwin Arnold's the light of Asia." *Canadian Review of American Studies* 22 (3), 1991, pp.387-405.

Sullivan, Mark. *Our Times 1900-1925.* Hon no Tomosha, 2002.

Thoreau, Henry David. *Walden; Or, Life in the Woods.* 1854, Rpt. Dover Publications, 1995.

Tjader, Marguerite. *Theodore Dreiser: A New Dimension.* Silvermine Publishers, 1965.

Veblen, Thorstein. *The Theory of the Leisure Class.* 1899, Rpt. Modern Library, 1931.

Walcutt, Charles Child. *American Literary Naturalism: A Divided Stream.* U of Georgia P, 1956.

Warren, Robert Penn. *Homage to Theodore Dreiser.* Random House, 1971.

Weir, Sybil. B. "The Image of Women in Dreiser's Fiction, 1900-1925." *Pacific Coast Philology* 7, 1972, pp.65-71.

Williams, Raymond. *The Country and the City.* Oxford UP, 1973.

大井浩二『エロティック・アメリカ――ヴィクトリアニズムの神話と現実』英宝社、2013年。

大浦暁生「社会小説としての『アメリカの悲劇』」、『「アメリカの悲劇」の現在　新たな読みの探究』大浦暁生監修、中央大学ドライサー研究会編、中央大学出版、2002年、75-94頁。

セオドア・ドライサー著、大浦暁生訳『アメリカの悲劇』集英社、1978年。

折原卓美「消費の流通」、『原典アメリカ史　社会史史料集』第2部9節、アメリカ学会訳編、岩波書店、2006年。

亀山照夫「アメリカ自然主義小説序論　倫理と実践のからくり」『文芸研究』33、1975年、85-110頁。

後藤史子「都会は女の足下にひれ伏したか――消費とジェンダーから読

むキャリーの物語」、『「シスター・キャリー」の現在　新たな世紀への読み』大浦暁生監修、中央大学ドライサー研究会編、中央大学出版部、1999 年、167–190 頁。

セオドア・ドライサー著、高松松夫訳『ジェニー・ゲルハート』（上・下）新潮文庫、1954 年。

セオドア・ドライサー著、村山淳彦訳『シスター・キャリー』岩波文庫、1997 年。

山口ヨシ子『ワーキングガールのアメリカ　大衆恋愛小説の文化学』彩流社、2015 年。

吉野成美『ヒロインの妊娠』音羽書房鶴見書店、2017 年。